윤동주의 문장

__일러두기

1. 현대의 한글 표기법을 따르되, 내용 이해가 어려운 말은 괄호 속에 그 뜻을 함께 풀어서 사용하였습니다. 단, 시와 동시는 시적 허용을 고려해서 원문을 그대로 실었습니다.

2. 현대의 띄어쓰기 기준을 따랐습니다.

3. 잡지와 신문, 장편의 제목은 《 》으로 표기했으며, 단편과 시, 영화, 그림의 제목은 〈 〉으로 표기했습니다.

윤동주의 문장

| 윤동주 지음, 임채성 엮음 |

HONGJAE
Publishers

❶ 연희전문학교 졸업 사진

❷ 고종사촌 사이로 평생의 벗이자 라이벌이 었던 송몽규와 함께 찍은 사진. 앞줄 가운데 가 송몽규. 뒷줄 오른쪽이 시인.

❸ 연희전문학교 후배 정병욱. 정병욱은 시 인의 시를 보존하고, 세상에 알린 사람으로, 그 덕분에 유고 시집 《하늘과 바람과 별과 시》가 세상의 빛을 볼 수 있었다.

❹ 지금의 시인을 있게 한 또 다른 벗 강처중

❺ 시인, 송몽규와 함께 '간도 삼총사'로 불린 문익환 목사(뒷줄 가운데). 그 오른쪽이 시인

❶ 일본 경찰에 체포되기 전 도시샤대학 동기들과 찍은 시인의 생애 마지막 사진

❷ 〈서시〉 육필 원고. 시인은 모든 작품에 쓴 날짜를 표기했다.

❸ '시인 윤동주 지묘'라고 쓰인 시인의 묘비. 시인은 할아버지 윤하현과 아버지 윤영석에 의해 비로소 '시인' 칭호를 얻었다.

❹ 1945년 3월 6일 용정 고향 집에서 치러진 시인의 장례식

❺ 1948년 1월 30일 정음사에서 출간된 유고 시집《하늘과 바람과 별과 시》의 초판본 표지

끊임없는 고뇌와 참회의 기록…
윤동주 문학의 에스프리

1941년 12월 27일, 전시 학제 단축으로 3개월 앞당겨 연희전문학교 문과를 졸업한 윤동주는 다음 해 1월 29일 일본 유학 비자를 신청하기 위해 일본식으로 이름을 바꾸는 아픔을 겪어야만 했다. 하지만 그에게 있어 그 선택은 한없이 부끄럽고 괴로운 것이었다. 시 〈참회록〉은 그 참담함과 부끄러움을 고스란히 담고 있다.

파란 녹이 낀 구리 거울 속에

내 얼골이 남아 있는 것은

어느 왕조의 유물이기에

이다지도 욕될가

나는 나의 참회의 글을 한 줄에 주리자,
— 만 이십사 년 일 개월을
무슨 깁븜을 바라 살아왔든가

내일이나 모레나 그 어느 즐거운 날에
나는 또 한줄의 참회록을 써야한다.
— 그때 그 젊은 나이에
웨 그런 부끄런 고백을 했든가.

밤이면 밤마다 나의 거울을
손바닥으로 발바닥으로 닦어 보자

그러면 어느 운석 밑으로 홀로 거러가는
슬픈 사람의 뒷모양이
거울 속에 나타나온다.

끊임없이 자신을 반성하고 성찰하는 한 인간의 내면을 보여
주는 이 작품은 그가 창씨개명을 얼마나 부끄러워했고, 그렇게

할 수밖에 없는 현실을 얼마나 괴로워했는지 보여준다.

윤동주는 시대적 고뇌와 인간적 성찰을 서정적이고 상징적인 언어로 표현한 최고의 민족 시인이다. 그는 어둡고, 암울한 시대 '문학'이라는 도구를 통해 민족을 위로하고, 독립에 대한 희망을 끊임없이 노래했다. 하지만 생전에 시집을 펴내진 못했다. 엄밀히 말하면 '시인'이라는 칭호를 얻지 못한 셈이다. 연희전문학교를 졸업하던 1941년 겨울, 〈별 헤는 밤〉, 〈자화상〉 등의 19편을 묶어 77권 한정으로 시집을 내려고 했지만, 일본의 삼엄한 검열로 인해 끝내 무산되고 말았다.

그에게 시인이라는 칭호를 처음 부여한 사람은 조부 윤하현이다. 금지옥엽으로 키운 손자가 일본에서 만 27년 2개월(햇수로는 29년)의 짧은 삶을 마감하자, 그의 조부 윤하현은 자신의 비석으로 마련한 흰 돌을 손주의 비석으로 사용하며, 거기에 '시인 윤동주 지묘'라고 썼다.

윤동주의 삶에서 절대 빼놓을 수 없는 사람이 있다. 바로 고종사촌이자 평생의 벗인 송몽규다. 3개월 간격으로 같은 집에서 태어난 두 사람의 인연은 명동 소학교, 대립자 현립 1교, 용정 은진중학교, 서울 연희전문학교, 일본 유학 시절로 이어졌을 뿐만 아니라 사상범으로 일본 경찰에 연행되어 1945년 일본 후쿠오카 형무소에서 나란히 죽는 비극으로까지 이어졌다.

송몽규는 눈물 많고 감수성이 예민했던 윤동주와는 달리 소년 시절부터 매우 활동적이고, 리더쉽이 강했다. 두 사람과 어린 시절부터 친구로 '간도 삼총사'로 불렸던 고 문익환 목사에 의하면, 윤동주는 늘 자신보다 한발 앞선 송몽규에게 열등감을 품었다고 한다. 하지만 송몽규는 전도유망했던 문학의 길을 포기하고 독립군의 길을 걷는다. 생각건대, 그것이 윤동주를 평생 더 부끄럽게 하고 참회의 삶을 살게 했는지도 모른다. 불의와 부조리에 행동으로 맞서는 송몽규와 그렇지 못한 자신을 한없이 비교했을 것이기 때문이다.

연희전문학교 문과 동기생인 유영 전 연세대 교수는 두 사람의 모습을 이렇게 추억한 바 있다.

"동주와 몽규는 마치 쌍둥이 같았다. … (중략) … 그런데 성격은 완전 반대였다. 동주는 얌전하고 말이 적고 행동이 적은 데 반해, 몽규는 말이 거칠고 떠벌리고 행동반경이 컸다. 그러면서 시를 같이 공부하고, 창작도 같이하였다. 그러한 성격은 시에서도 나타나 좋은 대조를 이루었다."

윤동주는 생전에 독립운동의 최전선에서 싸우던 독립투사도, 유명 시인도 아니었다. 어둡고, 암울한 시대에 문학을 통해 민족이 처한 아픔을 달래고, 희망을 전하고자 했던 문학청년이었을 뿐이다. 하지만 그의 민족정신과 독립에 대한 열망은 여느 투사 못지않았다. '별을 노래하는 마음으로/ 모든 죽어가는 것들을 사랑해야지/ 그리고 나한테 주어진 길을/ 걸어가야겠다'라는 〈서시〉의 구절처럼, 그는 자신에게 주어진 길을 걸으며 죽음의 늪에 빠진 민족을 구하고자 했다.

그러고 보면 그는 단 한 순간도 온전한 내 나라에서 산 적이 없었다. 민족의 한이 서린 간도에서 태어나, 식민지의 최전선인 서울에서 대학을 다닌 후 압제자의 땅에서 결국 쓰러졌다.

1948년 1월, 유작 31편을 담은《하늘과 바람과 별과 시》초간본이 출간되자, 시인 정지용은 서문에서 다음과 같이 말하며 윤동주의 죽음을 슬퍼했다.

"무시무시한 고독에서 죽었구나! 29세가 되도록 시도 발표하여 본적이 없이! 일제에 날뛰던 부일문사(附日文士) 놈들의 글이 다시 보아 침을 배알을 것뿐이나, 무명 윤동주가 부끄럽지 않고 아름답기 한이 없는 시를 남기지 않았나? 시와 시인은 원래 이러한 것이다."

이 책은 어둡고, 암울한 시대 문학을 통해 희망을 노래하며, 시와 삶을 일치시키려고 했던 시인의 올곧은 삶과 정신을 담고 있다. 진실한 자기성찰을 바탕으로 끊임없이 고뇌했던 시인의 삶이 오롯이 들여다보이는 깊은 울림의 기록인 셈이다.

대부분의 문학작품이 그렇듯이 시인의 작품 역시 행간에 깃든 의미를 이해하지 못하면 그저 단순한 읽을거리에 지나지 않는다. 하지만 그 의미를 알면 완전히 새로운 텍스트가 된다.

이 책에서는 시인의 124편(시 86편, 동시 34편, 산문 4편)의 작품을 시, 동시, 산문으로 나눠 창작연월일 순으로 배치한 후 작품에 깃들어 있는 시대의 아픔과 숨겨진 이야기를 소개하고 있다. 또한, 시인을 추억하는 사진과 벗들의 회고, 추모의 글 역시 함께 담아 시인의 올곧은 삶과 정신을 다시 한번 느낄 수 있게 했다.

빛바랜 한 편의 드라마처럼 오롯이 펼쳐지는 시인의 글을 읽다 보면 때로는 감동에 눈시울이 붉어지기도 하며, 또 때로는 미안함에 가슴이 먹먹해질 것이다.

— 학산 봉호(鳳湖)에서 임채성

프롤로그

___ 끊임없는 고뇌와 참회의 기록… 윤동주 문학의 에스프리 • 06

윤동주의 문장 __ 시

윤동주의 문장 __ 동시

윤동주의 문장 __ 산문

윤동주를 말하다

윤동주의 문장

시

초 한 대

— 1934년 12월 24일

초 한 대—
내 방에 품긴 향내를 맡는다.

광명의 제단이 무너지기 전
나는 깨끗한 제물을 보았다.

염소의 갈비뼈 같은 그의 몸
그의 생명인 심지까지
백옥 같은 눈물과 피를 흘려
불살라 버린다.

그리고도 책머리에 아롱거리며

선녀처럼 촛불은 춤을 춘다.

매를 본 꿩이 도망가듯이
암흑이 창구멍으로 도망한
나의 방에 품긴
제물의 위대한 향내를 맛보노라.

★ 유고 시집《하늘과 바람과 별과 시》에 수록된 작품.

아명이 '해환'이었던 시인은 1932년 4월 용정의 미션스쿨인
은진중학교에 입학하면서 '윤동주'라는 이름을 비로소 쓰기 시
작했다. 3개월 앞서 태어난 고종사촌 형이자, 그의 삶 순간순간
마다 큰 자극을 주었던 송몽규와 문익환 목사가 동기이다. 어린
시절부터 친구로 '간도 삼총사'로 불리던 세 사람은 명동 소학
교 5학년 때인 1929년 손수 원고를 모으고 편집해서《새명동》이
라는 등사판 잡지를 발간하기도 했다.

〈초 한 대〉는 시인이 18세 때인 은진중학교 3학년 때 쓴 것으
로 〈삶과 죽음〉, 〈내일은 없다〉 등과 함께 처녀작으로 알려진 작
품이다.

삶과 죽음

— 1934년 12월 24일

삶은 오늘도 죽음의 서곡을 노래하였다.

이 노래가 언제나 끝나랴.

세상 사람은—

뼈를 녹여내는 듯한 삶의 노래에

춤을 춘다.

사람들은 해가 넘어가기 전

이 노래 끝의 공포를

생각할 사이가 없었다.

(나는 이것만은 알았다.

이 노래의 끝을 맛본 이들은

자기만 알고

다음 노래의 맛을 알으켜 주지 아니 하였다.)

하늘 복판에 아로새기듯이

이 노래를 부른 자가 누구뇨.

그리고 소낙비 그친 뒤같이도

이 노래를 그친 자가 누구뇨.

죽고 뼈만 남은

죽음의 승리자 위인들!

★ 유고 시집《하늘과 바람과 별과 시》에 수록된 작품.

　1935년 1월 1일, 송몽규가 〈술가락(숟가락)〉이라는 작품으로 《동아일보》신춘문예 콩트 부분에 당선되자, 자극을 받은 시인은 본격적으로 습작에 돌입한다. 그리고 이때부터 작품마다 창작연월일을 기록했다. 송몽규의 등단이 시인이 되겠다는 각오를 다지는 촉매제가 된 셈이다.

　말했다시피, 두 사람은 고종사촌 사이이다. 3개월 간격으로 같은 집에서 태어난 두 사람의 인연은 명동 소학교, 대립자 현립 1교, 용정 은진중학교, 서울 연희전문학교, 일본 유학 시절로 이어졌을 뿐만 아니라 사상범으로 일본 경찰에 체포되어 1945년 일본 후쿠오카 형무소에서 나란히 옥사(獄死)하는 비극으로까지 이어졌다.

송몽규는 눈물 많고 감수성이 예민했던 시인과는 달리 소년 시절부터 활동적이고 리더쉽이 강했다. 두 사람과 어린 시절 친구로 '간도 삼총사'라고 불렸던 고 문익환 목사에 의하면, 시인은 늘 자신보다 한발 앞선 송몽규에게 열등감을 품었다고 한다. 하지만 송몽규는 전도유망했던 문학의 길을 포기하고 독립군의 길을 걷는다. 생각건대, 그것이 시인을 더 부끄럽게 하고 반성하게 했는지도 모른다. 불의와 부조리에 행동으로 맞서는 송몽규와 그렇지 못한 자신을 한없이 비교했을 것이기 때문이다. 그만큼 시인에게 있어 송몽규는 평생의 벗이자 라이벌이었다.

시인의 처녀작 중 한 편인 〈삶과 죽음〉은 '삶은 곧 죽음의 시작'이라는 시인의 생사를 초월한 인생관을 엿볼 수 있는 작품이다. 18세의 나이에 이런 작품을 쓸 만큼 시인에게 있어 삶은 진지하고 치열한 자아 성찰의 과정이었다.

내일은 없다
__ 1934년 12월 24일

─ 어린 마음에 물은 ─

내일내일 하기에
물었더니
밤을 자고 동틀 때
내일이라고.

새날을 찾던 나는
잠을 자고 돌보니
그때는 내일이 아니라
오늘이더라.

무리여!

내일은 없나니

… … … …

★ 시인의 처녀작 중 한 편이지만, 1948년 발간된 유고집《하늘과 바람과 별과 시》에 실린 31편에는 포함되지 않았던 작품이다. 1976년 발간된 세 번째 판에 처음 실렸다. 내일을 기약할 수 없었던 암울했던 시기를 산 시인의 각오와 마음가짐을 엿볼 수 있다.

거리에서

__ 1935년 1월 18일

달밤의 거리
광풍이 휘날리는
북국의 거리.
도시의 진주
전등밑을 헤엄치는
쪼그만 인어 나.
달과 전등에 비쳐
한 몸에 둘셋의 그림자
커졌다 작아졌다.

괴롬의 거리
회색빛 밤거리를

걷고 있는 이 마음.

선풍이 일고 있네

외로우면서도

한 갈피 두 갈피

피어나는 마음의 그림자.

푸른 공상이

높아졌다 낮아졌다.

★ 연희전문학교 시절 쓴 〈간판 없는 거리〉와 일본 유학 시절 쓴 〈흐르는 거리〉와 함께 '밤거리 3부작'으로 불리는 작품.

이 작품 역시 〈내일은 없다〉와 마찬가지로 1948년 발간된 유고집에는 실리지 않았으며, 1976년 발간된 세 번째 판에 처음 실렸다.

이 작품과 관련해서 부경대학교 국문학과 남송우 교수는 "자본주의 도시가 등장하면서 새롭게 형성된 공간인 '거리'는 '길'과 전혀 다른 개념"으로 "윤동주는 밤거리를 시공간으로 하는 작품을 통해 고독과 방황을 강조하는 한편 일제 치하의 어두운 역사적 상황을 우회적으로 드러냈다"라고 말한 바 있다.

남쪽 하늘

__ 1935년 10월

제비는 두 나래를 가지었다.

시산한 가을날 ―

어머니의 젖가슴이 그리운

서리 나리는 저녁 ―

어린 영은 쪽나래의 향수를 타고

남쪽 하늘에 떠돌 뿐 ―

★ 유고 시집《하늘과 바람과 별과 시》에 수록된 작품.

1935년 4월, 송몽규는 학업을 중단한 채 중국 낙양에 있던 군

관학교 한인반 2기생으로 입교하기 위해 떠났고, 문익환 역시 평양 숭실중학교 4학년으로 편입해 그의 곁을 떠났다. 결국, 은진중학교 4학년 1학기를 마친 시인 역시 상급 학교 진학을 위해 9월 1일 숭실중학교로 전학한다. 하지만 편입 시험 실패로 4학년이 아닌 3학년으로 들어가야만 했다.

원문 끝부분에 1935년 10월 평양에서라고 쓰여 있는 이 작품은 시인이 숭실중학교 3학년에 편입한 후에 쓴 작품으로 고향과 어머니를 그리워하는 마음이 잘 드러나 있다. 제비의 두 날개를 부러워한 것은 당장이라도 고향으로 날아가고 싶은 마음을 비유적으로 표현한 것이라고 할 수 있다.

공상

— 1935년 10월

공상—

내 마음의 탑

나는 말없이 이 탑을 쌓고 있다.

명예와 허영의 천공에다

무너질 줄도 모르고

한 층 두 층 높이 쌓는다.

무한한 나의 공상—

그것은 내 마음의 바다

나는 두 팔을 펼쳐서

나의 바다에서

자유로이 헤엄친다.

황금 지옥의 수평선을 향하여.

★ 1935년 10월 숭실중학교 학생회에서 간행하는 학우지《숭실활천》제15호에 게재된 작품. 최초로 활자화되어 대중과 만난 작품이기도 하다.

1935년 9월 숭실중학교 3학년에 편입 후 1936년 3월까지 7개월 동안 시인은 시 10편, 동시 5편 등 무려 15편의 작품을 썼다. 이 시기에 시인에게 가장 많은 영향을 끼친 사람은 시인 정지용이었다. 그 시절 시인의 벗들에 의하면, 시인의 가방 안에는《정지용 시집》이 항상 들어 있었다고 한다. 나아가 그 시집은 지금까지 남아있는 시인의 유품 중 하나로, 정지용 시인의 시가 시인에게 얼마나 중요한 역할을 했는지 알 수 있다.

자신의 이루고자 하는 꿈은 따로 있지만, 명예와 허영 때문에 마음속에서만 그것을 펼치는 안타까움이 느껴지는 작품이다.

창공

— 1935년 10월 20일

그 여름날

열정의 포플러는

오려는 창공의 푸른 젖가슴을

어루만지려

팔을 펼쳐, 흔들거렸다

끓는 태양 그늘 좁다란 지점에서

천막 같은 하늘 밑에서

떠들던 소나기

그리고 번개를

춤추던 구름은 이끌고

남방으로 도망하고

높다랗게 창공은 한 폭으로

가지 위에 퍼지고

둥근달과 기러기를 불러왔다.

푸드른 어린 마음이 이상에 타고

그의 동경의 날 가을에

조락의 눈물을 비웃다

★ 무더운 여름날 열정의 포플러를 매개로 가을의 희망이 넘치는 창공을 통해 맑고 깨끗한 미래를 그리고 있는 작품.

시인은 두 권의 습작 시집을 남겼다. 첫 번째 습작 시집인《나의 습작기의 시 아닌 시》와 두 번째 시작 노트《창(窓)》이 바로 그것이다. 여기에는 스물다섯 이전까지 시인의 꿈을 키우던 문학 습작기의 작품이 담겨 있다. 그중《나의 습작기의 시 아닌 시》는 연희전문학교 입학 전, 즉 중학 시절에 쓴 작품을 담은 것으로, 〈창공〉 역시 거기에 수록되어 있다. 다만, '미정고(未定稿, 미완성 원고)'라고 표기한 것을 보면 완성작이 아니었음을 알 수 있다.

비둘기

— 1936년 2월 10일

안아보고 싶게 귀여운

산비둘기 일곱 마리

하늘 끝까지 보일 듯이 맑은 주일날 아침에

벼를 거두어 빤빤한 논에서

앞을 다투어 요를 주으며

어려운 이야기를 주고 받으오.

날씬한 두 나래로 조용한 공기를 흔들어

두 마리가 나오.

집에 새끼 생각이 나는 모양이오.

★ 유고 시집《하늘과 바람과 별과 시》에 수록된 작품.

시인의 숭실중학교 생활은 단 7개월 만에 끝나고 만다. 총독부가 신사참배를 거부했다는 이유로 숭실중학교 윤산온 교장을 파면하자, 학생들이 시위를 벌여 무기 휴교령을 내렸기 때문이다. 신사 참배 이유는 일왕 히로히토가 둘째 아들을 낳았으니 이를 축하하라는 것이었다.

시인에게 있어 신사 참배란 도저히 상상할 수 없는 일이었다. 결국, 1936년 3월 문익환과 함께 자퇴 후 용정으로 돌아온 시인은 광명학원 중학부 4학년에 편입했지만, 그 역시 만만치 않았다. 7개월 사이에 학교가 일본인이 경영하는 친일 학교로 바뀌어 있었기 때문이다. 이에 광명중학에 다니던 2년 동안 시인은 창작 활동에 더욱 몰두하여, 연길에서 발행되던 잡지《카톨릭 소년》에〈병아리〉,〈빗자루〉,〈오줌싸개 지도〉,〈무얼 먹고 사니〉,〈호주머니〉 등 모두 5편의 동시를 발표하기도 했다.

한편, 그 해 4월 독립운동에 투신했던 송몽규는 중국 제남에서 일본 경찰에 체포되어 본적지인 함경북도 웅기경찰서에 압송된다. 다행히 거주제한 조건으로 석방되었지만, 요시찰인(要視察人, 사상이나 보안 문제와 관련하여 당국의 감시를 받는 사람)으로 계속해서 감시당해야만 했다.

이별

— 1936년 3월 20일

눈이 오다, 물이 되는 날
잿빛 하늘에 또 뿌연 내, 그리고,
커다란 기관차는 빼—액— 울며,
쪼끄만, 가슴은, 울렁거린다.

이별이 너무 재빠르다, 안타깝게도,
사랑하는 사람을,
일터에서 만나자 하고—,
더운 손의 맛과, 구슬 눈물이 마르기 전
기차는 꼬리를 산굽으로 돌렸다.

★ 세상에 슬프지 않은 이별은 없다. 더욱이 그것이 갑작스럽거나 기약 없는 것이라면 떠나는 사람이나 떠나보내는 사람이나 말보다 눈물이 앞설 것이 틀림없다.

〈이별〉은 떠나보내는 이의 슬픔이 잘 드러난 작품이다. 원문 끝부분에 '일구삼육 년 삼 월 이십일 영현 군을──'이라고 쓰여 있는 것을 보면 은진중학교 동기인 이영현을 떠나보내며 쓴 작품으로 보인다. 평양 숭실중학교 시절, 시인이 문익환 목사와 함께 찍은 사진에 나오는 네 명 중 앞에 앉아 있는 사람이 바로 그로, 훗날 장로회신학대학교 교수를 지냈다.

생각건대, 시인이 작품활동을 가장 활발하게 했던 때가 1936년 스무 살 무렵이 아닌가 한다. 그해 시인은 시대의 암울함을 수많은 작품에 담으면서도 새로운 시대가 오리라는 희망을 절대 잃지 않았다.

식권

_ 1936년 3월 20일

식권은 하루 세끼를 준다.

식모는 젊은 아이들에게
한때 흰 그릇 셋을 준다.

대동강 물로 끓인 국
평안도 쌀로 지은 밥
조선의 매운 고추장

식권은 우리 배를 부르게.

★ 숭실중학교는 1897년 10월 미국 북장로교 선교사인 베어드(W.M. Baird) 박사가 평양 신양리 26번지 사택 사랑방에서 13명의 학생을 가르치면서 시작한 학교로 1901년 10월 평양 신양리에 2층 한옥 교사와 기숙사를 신축하여 이전했다. 이때 교명을 〈숭실학당(崇實學堂)〉으로 정했고, 학생들은 모두 기숙사 생활을 했다.

7개월여의 숭실중학교 시절, 시인은 학교에서 숙식을 모두 해결했다. 〈식권〉은 그 시기에 기숙사 식당에서 식권을 내고 밥을 먹던 모습을 묘사한 작품이다. 적어도 이 시에서만큼은 보통 젊은이들과 다르지 않은 시인의 평범한 모습을 엿볼 수 있다.

모란봉에서

_ 1936년 3월 24일

앙당한 솔나무 가지에
훈훈한 바람의 날개가 스치고
얼음 섞인 대동강물에
한나절 햇발이 미끄러지다.

허물어진 성터에서
철모르는 여아들이
저도 모를 이국말로
재질대며 뜀을 뛰고.

난데없는 자동차가 밉다.

★ 일제 강압기 당시, 평양 신궁은 모란봉 정상에 있었다. 그 때문에 신궁에 가려면 가파른 돌계단을 한참이나 올라가야만 했고, 당연히 수많은 사람을 만날 수밖에 없었다.

이 작품은 시인이 숭실학교 시절 평양 신궁에서 여학생들이 아무 생각 없이 일본어로 이야기하고 노래하는 모습에 충격을 받아서 쓴 것으로 알려져 있다. 시인은 그 모습을 '허물어진 성터에서 철모르는 여자아이들이 저도 모를 이국(異國) 말로 재잘대며 뜀을 뛰고'라며 표현했다. 나라를 빼앗긴 것도 모자라서 지독한 세뇌 교육으로 어린 아이들이 일본어로 이야기하고 노래하는 가슴 아픔 현실을 이야기한 것이다.

이 시에서 주목할 점은 '자동차가 밉다'라는 구절이다. 일본의 군국주의와 문명을 상징하는 '자동차'와 조국을 상징하는 '허물어진 성터'를 대조함으로써 일제에 대한 저항 의식을 드러내고 있는 셈이다. 생각건대, 이 시로부터 시인의 저항 의식이 출발해 민족시인으로 자리하지 않았을까 싶다.

황혼

__ 1936년 3월 25일

햇살은 미닫이 틈으로
길죽한 일자를 쓰고… 지우고…

까마귀떼 지붕 위로
둘, 둘, 셋, 넷, 자꾸 날아 지난다.
쑥쑥, 꿈틀꿈틀 북쪽 하늘로,

내사…
북쪽 하늘에 나래를 펴고 싶다.

★ 열아홉 살 시인 역시 고향을 그리워하는 평범한 청년이었

다. 북쪽 하늘로 날아가는 까마귀 떼를 보며 고향을 하염없이 그리워했고, 될 수만 있다면 까마귀 떼처럼 북쪽 하늘을 향해 두 나래를 활짝 펴고 날아가고 싶다고 했다.

이 시를 쓴 날 시인은 〈가슴 1〉과 〈가슴 2〉라는 시를 함께 썼다. 나라를 잃은 것도 모자라 고향을 떠나야만 했던 시인의 답답함과 안타까움이 고스란히 느껴지는 작품이다. 숭실중학교 자퇴 후 용정으로 돌아가기 전에 쓴 것으로 보인다.

가슴 1

__ 1936년 3월 25일

소리 없는 북

답답하면 주먹으로

뚜드려 보오.

그래 봐도

후—

가—는 한숨보다 못하오.

★ 유고 시집 《하늘과 바람과 별과 시》에 수록된 작품. 가슴을
아무리 두드려도 해소되지 않던 답답함이 가는 한숨으로 해소
된다는 것은 걱정을 숨기지 말고 밖으로 표출하라는 것이다.

가슴 2

__ 1936년 3월 25일

늦은 가을 쓰르래미

숲에 싸여 공포에 떨고,

웃음 웃는 흰 달 생각이

도망가오.

★ 유고 시집 《하늘과 바람과 별과 시》에 수록된 작품.

시인은 〈가슴〉이라는 제목의 시를 총 3편 남겼다. 그리 길지

않은 이 시들의 공통점은 머리가 아닌 가슴으로 썼다는 것이

다. 그 때문에 시를 읽는 이들에게 더 많은 것을 깨닫게 할 뿐

만 아니라 깊은 감동에 빠지게 한다. 어둡고, 걱정 많은 삶에

내리는 한 줄기 위로와도 같기 때문이다. 모름지기 시란 그래야 하지 않을까. 많은 후배 작가들이 시인의 시를 흉내 내고 시인을 닮기 위해서 노력하는 것도 바로 그 때문일 것이다.

종달새

— 1936년 3월

종달새는 이른 봄날

질디진 거리의 뒷골목이

싫더라.

명랑한 봄하늘

가벼운 두 나래를 펴서

요염한 봄노래가

좋더라.

그러나

오늘도 구멍뚫린 구두를 끌고

홀렁홀렁 뒷거리길로

고기새끼 같은 나는 헤매나니.

나래와 노래가 없음인가

가슴이 답답하구나.

★ 어둡고 암울한 현실에 무력할 수밖에 없었던 시인의 마음이 직설적으로 드러난 작품. 이른 봄날 두 날개를 활짝 펴고 푸른 하늘을 나는 종달새와 그 노래가 매우 부럽지만, 자신은 '날개'는 물론 '노래'도 없기에 현실에서 벗어날 수 없다는 답답한 자의식을 보여주고 있다. 시의 창작 시기를 고려할 때 그 원인은 신사 참배 문제에 원인이 있었던 것으로 보인다. '나에게는 꿈과 희망이 없는 것일까요?'라고 물으며 절망하는 시인의 모습에 가슴이 먹먹해진다.

닭

__ 1936년 봄

한 간 계사 그 너머 창공이 깃들어
자유의 향토를 잊은 닭들이
시들은 생활을 주잘대고,
생산의 고로를 부르짖었다.

음산한 계사에서 쏠려 나온
외래종 레그혼,
학원에서 새 무리가 밀려나오는
삼월의 맑은 오후도 있다.

닭들은 녹아드는 두엄을 파기에
아담한 두 다리가 분주하고

굶주렸던 주두리가 바지런하다.

두 눈이 붉게 여물도록—

★ 유고 시집 《하늘과 바람과 별과 시》에 수록된 작품.

닭장 안에 갇혀 열심히 알을 낳는 동안 나는 법을 잊어버린 닭에 대해 안타까움이 짙게 묻어나는 작품으로, 닭이라는 생명을 통해 중요한 것, 우리를 우리답게 하는 것을 절대 잊고 살아서는 안 된다는 것을 강조하고 있다. 자유를 잃고 닭장 안에 갇힌 닭을 통해 나라를 잃은 우리 민족의 모습을 오버랩하고 있기도 하다. 중요한 것은 그러면서도 끝까지 희망을 잃지 말자며 굳은 각오를 다지고 있다는 점이다.

산상

— 1936년 5월

거리가 바둑판처럼 보이고,
강물이 배암이 새끼처럼 기는
산 위에까지 왔다.
아직쯤은 사람들이
바둑돌처럼 벌여 있으리라.

한나절의 태양이
함석 지붕에만 비치고,
굼벵이 걸음을 하던 기차가
정거장에 섰다가 검은 내를 토하고
또, 걸음발을 탄다.

텐트 같은 하늘이 무너져

이 거리를 덮을까 궁금하면서

좀더 높은 데로 올라가고 싶다.

★ 이즈음 시인은 자신보다 다섯 살 위인 시인 백석을 매우 흠모했다. 1936년 1월 100부 한정으로 출간된 그의 시집 《사슴》을 구하기 위해 백방으로 노력했지만, 구할 수 없자 도서관에서 빌려 필사한 후 가슴에 늘 끼고 살았을 정도였다. 심지어 동생 일주에게 편지를 보내 "《사슴》을 꼭 읽어보라"라며 권하기도 했다.

당연히 작품에도 백석의 영향이 미쳤다. 〈별 헤는 밤〉이 그 대표적인 예로 '오늘 저녁 이 좁다란 방의 흰 바람벽에/ 어쩐지 쓸쓸한 것만이 오고 간다'로 시작하는 백석의 시 〈흰 바람벽이 있어〉의 영향을 받았다.

〈산상〉은 평양에서 돌아와 용정 광명학원 중학부 4학년에 편입한 후 처음으로 쓴 작품으로, 산 위에서 바라본 고향의 모습을 감정을 배제한 채 평온하게 묘사하고 있다. 시인의 시가 점점 성숙해지고 있음을 알 수 있다.

오후의 구장

— 1936년 5월

늦은 봄 기다리던 토요일 날.

오후 세시 반의 경성행 열차는

석탄연기를 자욱이 품기고

소리치고 지나가고

한몸을 끄을기에 강하던

공(뽈)

한 모금의 물이

불붙는 목을 축이기에

넉넉하다.

젊은 가슴의 피순환이 잦고

두 철각이 늘어진다.

검은 기차 연기와 함께

푸른 산이

아지랑 저 쪽으로

까라앉는다.

★ 시인은 용정 은진중학교에 다닐 때 교내 잡지를 발간하는 일 외에도 농구와 축구를 즐겼으며, 웅변도 곧잘 했다고 한다. 또한, 연희전문학교 시절에는 산책과 독서를 즐겼다. 특히 산책을 좋아해서 웬만한 거리는 전차를 타지 않고 걸어 다녔다고 한다. 시인이 연희전문학교 4학년 때 쓴 산문 〈종시〉를 보면, 학교에서 집으로, 다시 집에서 학교를 오가며 봤던 당시 서울의 풍경과 사람들의 모습이 매우 구체적으로 묘사되어 있다. 예컨대, 남대문 근처에서 봤던 서민과 밤늦게까지 철길에서 공사하던 노동자를 바라보던 대목에서는 시인 특유의 따뜻한 휴머니즘을 느낄 수 있다.

평양 숭실중학교 자퇴 후 용정으로 돌아와서 쓴 〈오후의 구장〉 역시 축구 경기 후 돌아본 주변 풍경을 매우 담담하게 그리고 있다.

이런 날

— 1936년 6월 10일

사이좋은 정문의 두 돌기둥 끝에서
오색기와 태양기가 춤을 추는 날
금을 그은 지역의 아이들이 즐거워하다.

아이들에게 하루의 건조한 학과로
햇말간 권태가 깃들고
「모순」 두 자를 이해치 못하도록
머리가 단순하였구나.

이런 날에는
잃어버린 완고하던 형을
부르고 싶다.

★ 유고 시집《하늘과 바람과 별과 시》에 수록된 작품.

'이런 날'은 '일본의 국경일'을 말한다. 당시 만주에서는 일본의 국경일에 만주국 국기인 오색기와 함께 일장기를 함께 달았다. 어디에도 우리나라와 우리 민족을 상징하는 기념물은 없었다. 그런데도 대부분 사람은 그것을 그리 중요하게 생각하지 않았다. 먹고사는 일이 훨씬 중요했기 때문이다.

그러기는 아이들 역시 마찬가지였다. 그저 크게 웃고, 신나게 뛰어놀 뿐, 나라 잃은 설움을 자각하지 못했다. 시인은 그런 현실을 매우 안타깝게 생각했다.

〈이런 날〉은 그 심정을 담은 작품이다. 먹고 사는 일에만 매달리는 어른들과 철부지 아이들의 해맑은 모습을 보며 시인은 과연 어떤 생각을 했을까.

양지쪽

— 1936년 6월 26일

저쪽으로 황토 실은 이 땅 봄바람이
호인의 물레바퀴처럼 돌아 지나고

아롱진 사월 태양의 손길이
벽을 등진 설은 가슴마다 올올이 만진다.

지도째기 놀음에 뉘 땅인 줄 모르는 애 둘이
한 뼘 손가락이 짧음을 한함이여.

아서라! 가뜩이나 엷은 평화가
깨어질까 근심스럽다.

★ 봄이 오는 4월의 길목에서 봄을 맞는 심정을 담은 작품으로, 두 달 후인 1936년 6월 완성했다. '양지쪽'은 볕이 잘 드는 곳을 말한다.

간도의 봄은 매우 늦었다. 4월은 되어야만 희미한 햇살을 느낄 수 있었고, 그제야 나무와 꽃 역시 기지개를 켜고 긴 겨울잠에서 깨어났다. 아이들 역시 마찬가지였다. 오랜만에 따뜻한 기운을 느낀 철부지들은 시간 가는 줄 모르고 '지도째기 놀음(땅따먹기)'에 열중했다. 그걸 바라보는 시인의 마음은 착잡했을 것이다. 그나마 지키고 있는 얇은 평화가 깨질까 봐 걱정되었기 때문이다.

따뜻한 봄날의 소나무처럼 청청하고 순결한 정신을 지향했던 시인은 봄을 기다렸다. 시인은 봄의 맥동이 혈관 속에 시내처럼 흐른다고 했다.

"봄이 혈관 속에 시내처럼 흘러/ 돌, 돌, 시내 가차운 언덕에/ 개나리, 진달래, 노오란 배추꽃/ 삼동(三冬)을 참아온 나는/ 풀포기처럼 피어난다./ 즐거운 종달새야/어느 이랑에서 즐거웁게 솟쳐라./ 푸르른 하늘은 아른아른 높기도 한데…"

아무리 겨울이 길고 추워도 봄은 반드시 온다. 시인이 기다렸을 '봄'을 가만히 불러본다.

산림

— 1936년 6월 26일

시계가 자근자근 가슴을 때려
하잔한 마음을 산림이 부른다.

천년 오래인 연륜에 짜들은 유적한 산림이
고달픈 한 몸을 포옹할 인연을 가졌나보다.

산림의 검은 파동 위로부터
어둠은 어린 가슴을 짓밟는다

멀리 첫여름의 개구리 재질댐에
흘러간 마을의 과거가 아질타.

가지, 가지사이로 반짝이는 별들만이
새날의 향연으로 나를 부른다.

발걸음을 멈추어
하나, 둘, 어둠을 헤아려본다
아득하다.

문득 이파리 흔드는 저녁 바람에
쏴— 무섬이 옮아오고.

★ 두 번째 습작 시집 《창》에 실린 작품.

다른 사람에 의해 고쳐진 작품을 '습유작품(拾遺作品)'이라
고 하는데, 이 작품 역시 고친 흔적이 꽤 남아있다.

나무는 시인의 오랜 벗이자, 시인 자신이었다. 이에 시인은
자신을 곧잘 나무에 비유하곤 했다.

〈양지쪽〉과 같은 날 쓴 이 작품은 어둡고 암울한 현실과 마주
한 시인의 불안함과 그것을 극복하고자 하는 의지를 함께 담고
있다.

가슴 3

—1936년 7월 24일

불 꺼진 화독을
안고 도는 겨울밤은 깊었다.
재만 남은 가슴이
문풍지 소리에 떤다

★ 일본의 혹독한 공포 정치에 시달리는 민족의 현실과 아픔
을 표현한 작품. 단 네 줄의 짧은 시지만, 당시 시인의 마음이 고
스란히 느껴진다.

깊은 겨울밤, 열아홉 시인은 불 꺼진 화독을 품에 안고 재만
남은 가슴으로, 문풍지 소리에 떠는 놀라운 가슴을 진정 시켜 가
며 이 시를 썼을 것이다.

이 작품에서 불 꺼진 화독은 '추위', 즉 일본에 나라를 빼앗긴 것을 말하며, '겨울밤'은 일본의 공포 정치를 말한다. 문제는 날이 밝으려면 아직 한참 있어야 하는데, 문풍지를 떨게 하는 바람이 갈수록 심해져 그 소리가 추위와 공포를 더욱더 가중한다는 것이다. 심지어 화독에 불이 꺼져도 다시 불을 지필 나무가 없다. 그러니 그냥 떨면서 날이 밝기를 기다릴 수밖에.

〈가슴 3〉은 한마디로 나라 잃은 슬픔과 막연한 희망을 네 줄의 압축된 언어로 표현한 작품이다.

꿈은 깨어지고

— 1936년 7월 27일

꿈은 눈을 떴다.
그윽한 유무(幽霧)에서

노래하던 종달이
도망쳐 날아나고

지난날 봄타령하던
금잔디 밭은 아니다

탑은 무너졌다
붉은 마음의 탑이—

손톱으로 새긴 대리석 탑이—
하루 저녁 폭풍에 여지없이도

오— 황폐의 쑥밭
눈물과 목메임이여!

꿈은 깨어졌다.
탑은 무너졌다.

★ 유고 시집《하늘과 바람과 별과 시》에 수록된 작품.

　유무(幽霧)란 '짙은 안개'를 말한다. 유무 속에서는 당연히 앞
이 잘 보이지 않는다. 그런데 한 개인의 삶이 그 속에 갇혀버렸
다면 과연 어떤 심정일까. 뭘 하건 희망이라고는 도저히 보이지
않을 것이다. 그러니 막막할 수밖에. 그때는 공포 속에 한 발 한
발 발을 내딛거나, 모든 것을 포기할 수밖에 없다.

　이 작품에서 시인이 말하는 '유무'란 과연 뭘까. 어떤 절망에
부딪혔기에 어둠 속에서도 희망만은 절대 잃지 말자며 노래하
던 시인이 이런 슬픈 시를 써야만 했던 것일까.

빨래

— 1936년 7월

빨래줄에 두 다리를 드리우고
흰 빨래들이 귓속 이야기하는 오후,

쨍쨍한 칠월 햇발은 고요히도
아담한 빨래에만 달린다.

★ 유고 시집 《하늘과 바람과 별과 시》에 수록된 작품.

한 편의 짧은 동화 같다. 7월 햇살 아래 빨래 널린 마당 풍경
이 눈앞에 자꾸만 아른거린다. 흰 빨래가 빨랫줄에 나란히 걸린
것을 보고 마치 귓속말을 하는 것 같다며, 동화적인 상상력을 발
휘한 시인의 순수한 마음이 그저 부러울 뿐이다.

아침

— 1936년 여름으로 추정

획, 획, 획,
소꼬리가 부드러운 채찍질로
어둠을 쫓아,
캄, 캄, 어둠이 깊다깊다 밝으로.

이제 이 동리의 아침이
풀살 오는 소엉덩이처럼 푸드오.
이 동리 콩죽 먹은 사람들이
땀물을 뿌려 이 여름을 길렀오.

잎, 잎, 풀잎마다 땀방울이 맺혔오.

구김살 없는 이 아침을

심호흡하오 또 하오.

★ 여름날 이른 아침 풍경을 한 편의 그림 그리듯이 묘사한 작품으로, 막 잠에서 깬 사람들과 소의 풋풋하고 정겨운 모습이 눈앞에 그려진다.

여름의 아침은 다른 계절보다 일찍 시작된다. 해가 일찍 뜨기 때문이다. 당연히 그만큼 부지런히 몸을 움직여야만 한다. 이에 시인은 "콩죽 먹은 사람들이 땀물을 뿌려 이 여름을 길렀오"라며 가난한 살림에도 몸을 아끼지 않으며 사는 사람들에 대한 칭찬과 존경을 잊지 않는다. 풀잎에 맺힌 이슬을 '땀방울'로 표현한 것 역시 시인이 사람과 사물을 대하는 진정성을 보여준다.

곡간

__ 1936년 10월 23일

산들이 두 줄로 줄달음질 치고
여울이 소리쳐 목이 자졌다.
한여름의 햇님이 구름을 타고
이 골짜기를 빠르게도 건너련다.

산 등어리에 송아지 뿔처럼
울뚝불뚝히 어린 바위가 솟고,
얼룩소의 보드러운 털이
산 등서리에 퍼—렇게 자랐다.

삼년만에 고향 찾아드는
산골 나그네의 발걸음이

타박타박 땅을 고눈다.

벌거숭이 두루미 다리같이……

헌 신짝이 지팽이 끝에

목아지를 매달아 늘어지고,

까치가 새끼의 날발을 태우려 날 뿐,

골짝은 나그네의 마음처럼 고요하다.

★ 교토 도시샤대학 한쪽에는 시인의 시비가 있다. 시인 서거 50주년을 맞아 일본 지식인들이 세운 것이다. 도시샤대학은 시인이 "땀내와 사랑내 포근히 품긴/ 보내 주신 학비 봉투를 받아/ 대학 노트를 끼고/ 늙은 교수의 강의 들으러 간다"라고 표현한 곳이기도 하다.

사실 시인은 1942년 4월 도쿄 릿쿄대학 영문과에 입학했다가 1학기만 마친 후 도시샤대학 영문과에 편입했다. 평소 존경하던 정지용 시인이 거기에 있었고, 평생의 벗 송몽규 역시 도쿄제국대학에 다니고 있었기 때문이다. 하지만 그것 때문에 학교를 옮긴 것은 아니었다.

릿쿄대학 동기들에 의하면, 당시 교련 담당자의 혹독한 교육 방식을 시인이 무척 싫어해서 수업을 거부했다고 한다. 군국주의 사상이 세상을 지배할 당시, '교련 수업 거부'는 엄청난 용기가 있어야 하는 행동이었다. 마음의 결이 누구보다도 여렸던 시인을 생각하면 어디서 그런 용기가 나왔는지 놀라울 뿐이다.

〈곡간〉은 시인의 여린 감성과 고운 마음결이 잘 드러난 작품이다. 곡간(谷間)은 글자 그대로 '산골짜기'를 가리키는 것으로, 시인의 고향 명동마을을 말한다. 여러 산이 두 줄로 달음질치는 골짜기에 있는 명동마을에 꽃이 피면 무릉도원 그 자체였다. 그 풍경을 시인의 동생 윤일주는 〈윤동주의 생애〉에서 이렇게 말했다.

"명동 집은 마을에서도 돋보이는 큰 기와집이었다. 마당에는 자두나무가 있고, 지붕 없은 큰 대문을 나서면 텃밭과 타작마당, 북쪽 울 밖에는 30주가량의 살구와 자두 과원, 동쪽 쪽대문을 나가면 우물이 있었고, 그 옆에 큰 오디나무가 있었다. 우물가에서는 저만치 동북쪽 언덕 중턱에 교회당과 고목나무 위에 올려진 종각이 보였고, 그 건너편 동남쪽에는 이 마을에 어울리지 않도록 커 보이는 학교 건물과 주일학교 건물들이 보였다."

그런 아름답고 따뜻한 고향을 시인은 어찌 잊고 갔을까.

가을밤

— 1936년 10월 23일

굳은 비 나리는 가을밤
벌거숭이 그대로
잠자리에서 뛰쳐나와
마루에 쭈그리고 서서
아이ㄴ양 하고
쏴— 오줌을 쏘오.

★ 첫 번째 습작 시집 《시 아닌 시》에 수록된 작품.

원제는 〈아이ㄴ양〉이다. '아이ㄴ양'은 '아인양'으로 '아이인
듯' 혹은 '아이처럼'이란 뜻이다. 비 내리는 가을밤, 비를 핑계로
마루에 서서 아이처럼 행동하는 모습이 매우 익살스럽다.

황혼이 바다가 되어

__ 1937년 1월

하루도 검푸른 물결에
흐느적 잠기고… 잠기고…

저— 웬 검은 고기떼가
물든 바다를 날아 횡단할꼬.

낙엽이 된 해초
해초마다 슬프기도 하오.

서창에 걸린 해말간 풍경화
옷고름 너어는 고아의 설음

이제 첫 항해하는 마음을 먹고
방바닥에 나뒹구오… 딩구오…

황혼이 바다가 되어
오늘도 수많은 배가
나와 함께 이 물결에 잠겼을 게오.

★ 두 번째 습작 노트《창》에 수록된 작품.

시인의 작품에 유독 자주 나오는 단어가 있다. 하늘, 바람, 별,
거울, 아침 등등….

'황혼' 역시 그중 하나다. '해가 뉘엿뉘엿하여 어두워질 무렵'
을 말하는 황혼은 '낮과 밤' 혹은 '삶과 죽음'의 경계를 뜻함과
동시에 고뇌, 불안, 행복한 과거와 부정적 현실 사이에 있는 자
신을 뒤돌아보게 하는 시간을 말한다. 또한, 시인이 시를 쓰는
내내 고민했던 자기반성과 성찰의 경계이기도 하다. 그런 점에
서 볼 때 '황혼'은 당시 시인이 느꼈던 고뇌와 불안을 상징하는
대표적인 단어라고 할 수 있다.

장

__ 1937년 3월

이른 아침 아낙네들은 시들은 생활을

바구니 하나 가득 담아 이고…

업고 지고… 안고 들고…

모여드오 자꾸 장에 모여드오.

가난한 생활을 골골이 벌여놓고

밀려가고… 밀려오고…

저마다 생활을 외치오… 싸우오.

왼 하루 올망졸망한 생활을

되질하고 저울질하고 자질하다가

날이 저물어 아낙네들이

쓴 생활과 바꾸어 또 이고 돌아가오.

★ 유고 시집《하늘과 바람과 별과 시》에 수록된 작품.

습작 시집 원문 1연과 2연에 X 표시를 한 점이 눈에 띄는 작품으로, 장을 배경으로 펼쳐지는 시골 아낙네들의 고단한 삶을 담고 있다.

이 시의 이해 및 감상 포인트는 작품의 주요 공간인 '장'과 '아낙네들'의 관계를 먼저 파악하는 것이다.

시를 보면 이른 아침 일찍부터 아낙네들이 생계유지를 위한 방편으로 장터에 속속 모이는 장면에 대한 묘사에서부터, 각자 갖고 온 고만고만한 물건을 여기저기 벌여놓고 파는 모습을 통해 농촌의 가난한 살림을 고스란히 엿볼 수 있다. 이른 아침 집을 나와서 날이 저물어서야 돌아가는 아낙네들의 모습이 눈물겹다. 생각건대, 고단하고 힘겨운 생활을 이어가는 아낙네들의 모습은 기실 당시 우리 민족을 대변하는 것이리라.

밤

__ 1937년 3월

외양간 당나귀
아—앙 외마디 울음 울고

당나귀 소리에
으—아 아 애기 소스라처 깨고

등잔에 불을 다오.

아버지는 당나귀에게
짚을 한 키 담아주고,

어머니는 애기에게

젖을 한 모금 먹이고,

밤은 다시 고요히 잠드오.

★ 유고 시집《하늘과 바람과 별과 시》에 수록된 작품.

시인이 동시를 한창 쓰던 무렵 쓴 작품으로, 시각적, 청각적 이미지와 함께 의인화 기법을 사용해서 시골 마을의 밤을 생생하고 아름답게 묘사했다. 이는 당시 어디서나 볼 수 있던 우리네 마을의 모습이자, 그리운 고향의 모습이기도 하다. 생각건대, 그 정서를 아는 사람이라면 이 작품을 읽으면서 자신도 모르게 마음이 뭉클해지리라.

시인의 작품 중에는 동화적 상상력을 발휘한 작품이 적지 않다. 이 작품들은 어린 시절의 향수와 빛바랜 추억을 끄집어내는 공통점이 있다. 이 작품 역시 그중 하나로 어린 시절의 추억을 되돌아보게 한다. 비록 가난했지만, 아버지 어머니와 함께 웃음 짓던 어린 시절의 밤이 그리워지는 작품이다.

달밤

— 1937년 4월 15일

흐르는 달의 흰 물결을 밀쳐
여윈 나무그림자를 밟으며,
북망산을 향한 발걸음은 무거웁고
고독을 반려한 마음은 슬프기도 하다.

누가 있어만 싶던 묘지엔 아무도 없고,
정적만이 군데군데 흰 물결에 폭 젖었다.

★ 유고 시집《하늘과 바람과 별과 시》에 수록된 작품.
우리가 아는 시인의 시답지 않은 낯섦이 느껴진다. 이는 시인
이 존경했던 정지용 시인의 모더니즘의 영향 때문으로 보인다.

풍경

— 1937년 5월 29일

봄바람을 등진 초록빛 바다
쏟아질 듯 쏟아질 듯 위태롭다.

잔주름 치마폭의 두둥실거리는 물결은
오스라질 듯 한껏 경쾌롭다.

마스트 끝에 붉은 깃발이
여인의 머리칼처럼 나부낀다.

이 생생한 풍경을 앞세우며 뒤세우며
외—ㄴ 하루 거닐고 싶다.

— 우중충한 오월 하늘 아래로

— 바다빛 포기포기에 수놓은 언덕으로

★ 앞서 말했던 〈달밤〉과 함께 정지용 시인이 추구했던 '모더니즘'의 영향을 받은 작품. 모더니즘은 19세기 말엽부터 유럽 소시민적 지식인들 사이에서 발생하기 시작해 20세기에 들어와 크게 유행한 문예사조로 '근대주의' 또는 '현대주의'라고도 한다. 극단적인 개인주의와 도시 문명이 가져다준 인간성 상실에 대한 문제의식 등에 기반을 두고 있다.

우리나라에서 모더니즘이 하나의 문학적 사조로 확립된 것은 1930년대이다. 모더니즘 이론을 가장 많이 받아들여 소개한 사람은 시인 김기림으로, 그는 기존 낭만주의 시가 지닌 내용 위주의 편향성과 지나친 감정 표현 등을 비판하고, 단단한 형식과 지성에 의한 감정의 통제 등을 내세웠다.

시인이 존경했던 정지용 시인 역시 절제된 언어와 감수성 짙은 시어로 우리말을 생동감 있게 전달한 모더니즘의 대가였다. 그런 점에 있어서 〈달밤〉과 〈풍경〉은 정지용 계열의 모더니즘 시라고 할 수 있다.

울적

— 1937년 6월 추정

처음 피워본 담배맛은
아침까지 목 안에서 간질간질 타.

어젯밤에 하도 울적하기에
가만히 한 대 피워 보았더니

★ 두 번째 습작 시집《창》에 스무 번째로 수록된 작품으로 시
인의 고뇌를 느낄 수 있다. 하지만 뭐가 불만족스러웠는지 X 표
시를 한 점이 눈에 띈다. 당시 시인은 진학 문제로 아버지와 심
하게 대립했다. 의사가 되라는 아버지와 문학을 하겠다는 시인
의 갈등은 다행히 할아버지의 중재로 문학을 선택하게 된다.

한난계

__ 1937년 7월 1일

싸늘한 대리석 기둥에 모가지를 비틀어 맨 한난계
문득 들여다볼 수 있는 운명한 오척육촌의 허리 가는 수은주
마음은 유리관보다 맑소이다.

혈관이 단조로워 신경질인 여론동물
가끔 분수
정력을 낭비합니다.

영하로 손가락질할 수돌네 방처럼 칩은 겨울보다
해바라기가 만발할 팔월 교정이 이상곱소이다
피끓을 그 날이―

어제는 막 소낙비가 퍼붓더니 오늘은 좋은 날씨올시다.

동저고리 바람에 언덕으로, 숲으로 하시구려—

이렇게 가만가만 혼자서 귓속 이야기를 하였습니다.

나는 또 내가 모르는 사이에—

나는 아마도 진실한 세기의 계절을 따라,

하늘만 보이는 울타리 안을 뛰쳐,

역사 같은 포지션을 지켜야 봅니다.

★ 두 번째 습작 시집《창》에 수록된 작품.

한난계(한란계)는 '온도계'를 말하는데, 이는 시인이 처한 현실을 대변하는 매개체라고 할 수 있다. 현실의 고난과 슬픔을 잴 수 있는 기구라고나 할까.

현실의 답답함이 절절히 느껴지는 이 시의 클라이맥스는 '하늘만 보이는 울타리 안'이라는 표현이다. 숨 막힐 정도로 답답한 현실에서도 시인은 하늘만 쳐다본다. 그것만이 유일한 희망이기 때문이다. 하지만 곧 거기서 벗어나 스스로 역사가 되기로 한다. 자기희생을 각오하는 듯한 표현이기에 가슴이 찡해진다.

그 여자

— 1937년 7월 26일

함께 핀 꽃에 처음 익은 능금은
먼저 떨어졌습니다.

오늘도 가을바람은 그냥 붑니다.

길가에 떨어진 붉은 능금은
지나던 손님이 집어갔습니다.

★ 두 번째 습작 시집《창》에 수록된 작품.

연희전문학교 입학 전까지 시인은 한 번도 여자를 사귄 적이
없다. 시인이 처음으로 마음을 준 여자가 생긴 것은 연희전문학

교에 입학한 후다. 시인은 입학 몇 달 후 짝사랑의 애틋함이 담긴 시를 쓴다.

> 순아 너는 내 전에 언제 들어왔던 것이냐?
> 내사 언제 네 전에 들어갔던 것이냐?
> —<사랑의 전당> 중에서

이 시 속의 그녀는 시인이 학교를 졸업하던 해에 다시 한번 시에 등장한다.

> 순이가 떠난다는 아츰에 말 못 할 마음으로 함박눈이 나려,
> 슬픈 것처럼 창밖에 아득히 깔린 지도 위에 덮인다.
> —<눈이 오는 지도> 중에서

연희전문학교 후배 정병욱에 의하면, 시인은 오랫동안 마음에 품은 여자가 있었다고 한다. 그 주인공은 이화여전에 다니는 여학생으로 시인과 같은 학년이었다. 그러나 교회 성경 공부 시간에 서로 눈길만 오갔을 뿐, 단둘이 밖에서 만난 적은 한 번도 없었다.

결국, 그 만남은 시인의 짝사랑으로 끝났다. '우리들의 사랑은 한낱 벙어리였다'라는 〈사랑의 전당〉의 시어처럼 끝내 고백하지 못한 것이다. 그만큼 시인은 사랑 표현에 서툴렀다. 연희전문학교 동기 강처중의 말 역시 이를 뒷받침한다.

  "그는 한 여성을 사랑하였다. 그러나 이 사랑을 그 여성에게도, 친구들에게도 끝내 고백하지 않았다. 제 홀로 간직한 채 힘써 감춘 것이다."

  4년여 동안 짝사랑만 한 시인의 애달픔이 마음을 울린다.

야행

— 1937년 7월 26일

정각! 마음이 아픈 데 있어 고약을 붙이고

시들은 다리를 끄을고 떠나는 행장

─ 기적이 들리잖게 운다.

사랑스런 여인이 타박타박 땅을 굴려 쫓기에

하도 무서워 상가교를 기어 넘다.

─ 이제로부터 등산철도

이윽고 사색의 포플러 터널로 들어간다.

시라는 것을 반추하다. 마땅히 반추하여야 한다.

─ 저녁 연기가 노을로 된 이후

휘파람부는 햇귀뚜라미의

노래는 마디마디 끊어져

그믐달처럼 호젓하게 슬프다.

니는 노래배울 어머니도 아버지도 없나보다.

— 니는 다리 가는 쬐그만 보헤미안,

내사 보리밭 동리에 어머니도 누나도 있다.

그네는 노래부를 줄 몰라

오늘밤도 그윽한 한숨으로 보내리니—

★ 두 번째 습작 시집《창》에 수록된 작품으로 어둡고, 암울한 시대를 사는 식민지 청년의 고뇌와 슬픔이 드러나 있다.

시인은 단 한 순간도 온전한 내 나라에서 산 적이 없다. 민족의 한이 서린 간도에서 태어나 식민지의 최전선인 서울에서 대학을 다닌 후 압제자의 땅에서 쓰러졌다.

시인이 시를 쓰던 때는 문학이 철저히 외면받았다. 오로지 전쟁의 광기만이 너울거렸다. 고향을 애절하게 그리는 것만으로도 죄가 되었고, 벗들과 어울리는 것 역시 감시받았다. 그러니 창씨개명 하지 않은 '순이'에 대한 추억이나 '흰옷', '살구나무' 등은 영락없는 불온이었다. 그런데도 시인은 단 한 번도 조국과 민족을 잊은 적이 없다. 민족의 아픔을 사랑으로, 분노를 꿈으로 피워냈다. 그것이 우리가 시인을 절대 잊어서는 안 되는 이유다.

비ㅅ뒤

— 1937년 7월~8월 추정

「어— 얼마나 반가운 비냐」
할아버지의 즐거움.

가물 들었던 곡식 자라는 소리
할아버지 담배 빠는 소리와 같다.

비ㅅ뒤의 해ㅅ살은
풀잎에 아름답기도 하다.

★ 두 번째 습작 시집 《창》에 수록된 작품. '비'라는 매개체를
통해 조국의 해방이 가져올 기쁨을 간접적으로 드러내고 있다.

소낙비

— 1937년 8월 9일

번개, 뇌성, 왁자지근 뚜드려
머—ㄴ 도회지에 낙뢰가 있어만 싶다.

벼룻장 엎어놓은 하늘로
살 같은 비가 살처럼 쏟아진다.

손바닥만한 나의 정원이
마음같이 흐린 호수되기 일쑤다.

바람이 팽이처럼 돈다.
나무가 머리를 이루 잡지 못한다.

내 경건한 마음을 모셔들여

노아 때 하늘을 한 모금 마시다.

★ 두 번째 습작 시집《창》에 수록된 작품.

80여 년 전 시커멓게 변한 하늘에서 화살처럼 쏟아지는 비를 보며 생각에 잠겼을 시인의 모습이 무시로 떠오는 작품이다. 그러고 보면 당시 시인의 마음 역시 소나기처럼 꽤 어지럽고 복잡했나 보다. 오죽했으면 '마음같이 흐린 호수되기 일쑤'라고 했을까.

'노아 때 하늘'이란 《구약성서》〈창세기〉에 나오는 것으로 무려 40일간 비가 내리던 상황을 말한다. 어떻게 보면 작은 희망마저 꺾어버리는 최악의 상황이라고 할 수 있다. 그런데도 시인은 마지막 희망을 버리지 않은 채 '노아 때 하늘을 한 모금 마신다'라고 표현했다. 마지막 희망이자 굳은 각오인 셈이다. 그런 점에서 '잎새에 이는 바람에도 나는 괴로워했다'라는 〈서시〉가 떠오르는 작품이다.

비애

__ 1937년 8월 18일

호젓한 세기의 달을 따라
알 듯 모를 듯한 데로 거닐과저!

아닌 밤중에 튀기듯이
잠자리를 뛰쳐
끝없는 광야—
사람의 심사는 외로우려니

아— 이 젊은이는
피라미드처럼 슬프구나

★ '비애'의 사전적 의미는 슬픔과 설움이다. 과연, 무엇이 시인을 그렇게 슬프고 서럽게 했기에 한밤중에 잠자리에서 일어나 끝없는 광야를 걷고, 피라미드처럼 슬퍼해야 했을까.

이즈음 시인은 백석의 시에 흠뻑 빠져 있었다. 백석이 자비로 펴낸 시집 《사슴》을 구할 수 없었던 시인은 그것을 직접 베껴서 갖고 다닐 만큼 그의 시를 좋아했다. 그 때문인지 시인의 시를 보면 백석의 시에서 볼 수 있는 표현이 간혹 엿보인다. 하지만 이는 곧 아버지와의 대립을 뜻했다. 결국, 의사나 법관이 되라는 아버지와 문학을 하겠다는 시인의 갈등은 단식 투쟁으로까지 이어졌다. 그만큼 시인이 문학에 품은 뜻은 단단했고, 자식의 앞날을 걱정하는 아버지의 마음 역시 사무쳤다.

시인 역시 아버지의 그런 마음을 알고 있었을 것이다. 그래서 더욱더 슬프고 서러웠으리라.

명상

__ 1937년 8월 20일

가칠가칠한 머리칼은 오막살이 처마끝,
휘파람에 콧마루가 서운한 양 간지럽소.

들창같은 눈은 가볍게 닫혀,
이 밤에 연정은 어둠처럼 골골이 스며드오.

★ 가만히 두 눈을 감고 자신의 내면을 조심스레 들여다보며,
자신이 가야 할 길에 대한 각오를 다듬는 시인의 모습이 눈에
선하다.

바다

— 1937년 9월

실어다 뿌리는
바람조차 씨원타.

솔나무 가지마다 새츰히
고개를 돌리어 뻐들어지고

밀치고
밀치운다.

이랑을 넘는 물결은
폭포처럼 피어오른다.

해변에 아이들이 모인다
찰찰 손을 씻고 구부로

바다는 자꾸 섧어진다
갈매기의 노래에…

도려다보고 도려다보고
돌아가는 오늘의 바다여!

　★ 광명학교 5학년이던 1937년 9월, 시인은 금강산과 원산 송
도원 등지로 수학여행을 다녀온다. 당시 시인이 살던 곳이 바다
와는 멀리 떨어진 곳임을 고려하면, 이 작품은 그때 본 바다를
떠올리며 쓴 것으로 보인다. 생각건대, 시인은 태어나서 그때 바
다를 처음 봤을 것이다. 그러니 그것을 어떻게 해서든 시로 표현
하고 싶었을 것이고, 돌아오는 길이 두고두고 아쉬웠을 것이다.
　한편, 그즈음 시인은 학교 농구선수로도 활약했는데, 우리가
아는 한없이 여리고 부드러울 것만 같은 시인의 이미지와는 다
르다. 그만큼 시인은 외유내강의 성품을 지니고 있었다.

산협의 오후

__ 1937년 9월

내 노래는 오히려
섧은 산울림.

골짜기 길에
떨어진 그림자는
너무나 슬프구나.

오후의 명상은
아— 졸려.

★ 산협은 '산속에 있는 골짜기'를 말한다. 지독한 외로움과

슬픔이 느껴지는 이 작품에서 시인은 자신을 산협의 외로운 그림자에 비유하고 있다. 누구도 자신의 말을 들어주지 않고, 그나마 하는 말은 서러운 산울림이 되어 흩어질 뿐이다. '공허하다'라는 표현은 이를 두고 하는 말일 것이다.

중요한 것은 그런 마음 상태에서는 무엇에도 집중할 수 없다는 점이다. 그러니 고요히 눈을 감은 상태에서 자신의 내면을 들여다봐야 할 명상 역시 졸릴 수밖에.

비로봉

— 1937년 9월

만상을
굽어보기란—

무릎이
오들오들 떨린다.

백화
어려서 늙었다.

새가
나비가 된다

정말 구름이

비가 된다.

옷자락이

칩다.

★ 앞서 말한 〈바다〉와 마찬가지로 광명학교 5학년 때인 1937년 9월, 금강산에 수학여행 갔을 때 비로봉을 보고 쓴 작품.

비로봉은 금강산의 최고봉으로 높이가 1,638m에 달한다. 빼어난 산악미와 함께 정상은 약간 평지를 이루며, 외면은 깎아 세운 듯한 절벽으로, 금강 1만2천 봉을 굽어보는 장관이 압권이다.

아마 시인은 처음부터 비로봉에 관한 시를 쓰고 싶었을 것이다. 평소 존경했던 정지용 시인이 〈비로봉1〉이란 시를 발표한 적이 있기 때문이다.

"백화 수풀 앙당한 속에/ 계절이 쪼그리고 있다./ 이곳은 육체 없는 요적한 향연장/ 이마에 시며드는 향료로운 자양!/ 해발 오천 피이트 권운층 우에/ 그싯는 성냥불!/ 동해는 푸른 삽화처럼 옴직 않고/ 누뤼 알이 참벌처럼 옴겨 간다…"

창

— 1937년 10월

쉬는 시간마다
나는 창녘으로 합니다.

이글이글 불을 피워주소
이방에 찬 것이 서럽습니다.

단풍잎 하나
맴도나 보니
아마도 자그만한 선풍이 인 게외다.

그래도 싸느란 유리창에
햇살이 쨍쨍한 무렵

상학종이 울어만 싶습니다.

★ 어둡고 암울한 시대 '창'이라는 매개체를 통해 새로운 희망과 출발을 담은 작품.

시인이 있는 창 안이라는 춥고 어두운 공간, 즉 현실과 따뜻한 햇볕이 맴도는 창밖의 공간인 미래를 대조하는 기법을 사용해 새로운 희망을 제시하고 있다. 하지만 그 순간에도 '상학종(수업 시작을 알리는 종)'이 울려 다시 현실로 돌아와야 할 것을 걱정하는 시인의 마음이 매우 애처롭다.

유언

— 1937년 10월 24일

훠—ㄴ한 방에 유언은 소리 없는 입놀림.

— 바다에 진주 캐러 갔다는 아들

평생 외로운 아버지의 운명,

외딴집에 개가 짖고,
휘양찬 달이 문살에 흐르는 밤.

★ 1939년 1월 23일 자《조선일보》〈학생란〉에 발표. 그 즈음 시
인은 '윤동주(尹東柱)' 또는 '윤주(尹柱)'라는 이름을 사용했다.

새로운 길

_ 1938년 5월 10일

내를 건너서 숲으로
고개를 넘어서 마을로

어제도 가고 오늘도 갈
나의 길 새로운 길

민들레가 피고 까치가 날고
아가씨가 지나고 바람이 일고

나의 길은 언제나 새로운 길
오늘도…… 내일도……

내를 건너서 숲으로

고개를 넘어서 마을로

★ 송몽규와 함께 나란히 연희전문학교 문과에 입학하며 새 출발에 대한 다짐과 설렘을 담은 작품으로 유고 시집 《하늘과 바람과 별과 시》에 수록되었다.

27년 2개월이란 짧은 생애에서 시인의 삶이 가장 풍요로웠던 시기는 연희전문학교 재학 시절이었다. 입학 동기생이었던 유 영 전 연세대 교수는 두 사람의 모습을 이렇게 추억한 바 있다.

"동주와 몽규는 마치 쌍둥이 같았다. … (중략) … 그런데 성격은 완전 반대라고 할 수 있다. 동주는 얌전하고 말이 적고 행동이 적은 데 반해, 몽규는 말이 거칠고 떠벌리고 행동반경이 큰 사람이었다. 그러면서 시를 같이 공부하고 창작도 같이하였다. 그러한 성격은 시에서도 나타나 좋은 대조를 이루었다."

시인은 생전에 독립투사도 유명 시인도 아니었다. 다만, 일제 강점기 민족의 아픔과 역사의 무게를 통감한 청년이었다.

〈새로운 길〉에는 그 시대를 산 청년으로서의 각오가 다짐이 짙게 배어 있다.

어머니

__ 1938년 5월 28일

어머니!
젖을 빨려 이 마음을 달래어 주시오.
이 밤이 자꾸 서러워지나이다.

이 아이는 턱에 수염자리 잡히도록
무엇을 먹고 자랐나이까?
오늘도 흰 주먹이
입에 그대로 물려 있나이다.

어머니
부서진 납인형도 슬혀진 지
벌써 오랩니다.

철비가 후누주군이 나리는 이 밤을
주먹이나 빨면서 새우리까?
어머니! 그 어진 손으로
이 울음을 달래어 주시오.

★ 두 번째 습작 시집《창》에 실린 작품.

시인의 어머니 김용은 독립 운동가이자 교육가로 명동 소학교를 세운 김약연의 누이동생으로 교육을 중요하게 생각했다. 시인의 민족의식과 저항의식의 발원지는 다름아닌 어머니였던 셈이다.

한편, 이 시 〈어머니〉는 〈창공〉, 〈가슴 2〉, 〈참새〉, 〈아침〉, 〈할아버지〉, 〈개 2〉, 〈장〉, 〈울적〉, 〈야행〉, 〈비ㅅ뒤〉 등과 함께 습작 시집에 '미완성 삭제 시'라고 표기되어 있다.

가로수

__ 1938년 6월 1일

가로수, 단촐한 그늘 밑에

구두술 같은 혓바닥으로

무심히 구두술을 핥는 시름.

때는 오정. 싸이렌,

어디로 갈 것이냐?

×시 그늘은 맴돌고.

따라 사나이도 맴돌고.

★ 두 번째 습작 시집 《창(窓)》에 실린 작품으로 X 표시가 되

어 있다.

알다시피, 가로수란 도로변에 줄지어 심은 나무를 말한다. 더운 여름에는 그늘을 만들어 시원하게 하며, 자동차가 많이 오가는 곳에서는 소음을 줄일 뿐만 아니라 대기오염 물질을 감소시키는 효과도 있다. 겨울에 눈이 쌓였을 때는 도로 방향을 가리키는 이정표 역할을 하기도 한다.

연희전문학교 기숙사, '핀슨홀' 3층 다락방에서 송몽규, 강처중과 함께 한방을 쓰면서 야심 차게 대학 생활을 시작한 시인은 새로운 길에 대한 각오를 다졌다. 하지만 조국이 처한 현실을 차마 무시할 수 없었기에 한동안 방황을 거듭해야 했다. 그 결과, 1938년 9월 이후 일 년 2개월 동안 작품을 쓰지 못하기도 했다.

이 작품에서 '가로수'는 시인의 방황을 상징한다. 가야 할 방향을 잃은 채 가로수 주위를 맴도는 시인의 모습이 애처롭게 느껴지는 작품이다.

비 오는 밤

__ 1938년 6월 11일

쏴― 철석! 파도소리 문살에 부서져
잠 살포시 꿈이 흩어진다.

잠은 한낱 검은 고래 떼처럼 설레어
달랠 아무런 재주도 없다.

불을 밝혀 잠옷을 정성스리 여미는
삼경.
염원.

동경의 땅 강남에 또 홍수질 것만 싶어
바다의 향수보다 더 호젓해진다.

★ 유고 시집《하늘과 바람과 별과 시》에 수록된 작품.

연희전문학교 시절 시인이 주옥같은 작품을 쓴 기숙사, 핀슨 홀은 3층의 석조 건물로 관리인과 사감, 50여 명의 학생이 지낼 수 있었다. 1928년에 지어진 이 건물 지붕 밑 천장 낮은 다락방에서 시인은 잠을 자고, 사색하고, 꿈을 꾸었을 것이다. 또한, 방이 지붕 바로 밑에 위치한 탓에 빗소리 역시 또렷이 들렸을 것이고, 밤이면 별 역시 뚜렷이 보였을 것이다.

비 오는 밤, 빗소리에 놀라서 잠을 깬 시인은 과연 무슨 생각을 했을까. 그리고 무엇을 그렇게 간절히 기원했을까.

사랑의 전당

— 1938년 6월 19일

순아 너는 내 전에 언제 들어왔던 것이냐?
내사 언제 네 전에 들어갔던 것이냐?

우리들의 전당은
고풍한 풍습이 어린 사랑의 전당

순아 암사슴처럼 수정눈을 나려 감아라.
난 사자처럼 엉크린 머리를 고루련다.

우리들의 사랑은 한낱 벙어리였다.

청춘!

성스런 촛대에 열한 불이 꺼지기 전
순아 너는 앞문으로 내 달려라.

어둠과 바람이 우리 창에 부닥치기 전
나는 영원한 사랑을 안은 채
뒷문으로 멀리 사라지련다.

이제.
네게는 삼림 속의 아늑한 호수가 있고
내게는 준험한 산맥이 있다.

★ 시인은 생전에 두 번 사랑을 경험한 것으로 보인다. 첫 번째
는 이 시의 주인공인 '순이'라고 불리는 여성이다. 하지만 4년에
걸친 이 사랑은 철저히 시인만은 짝사랑으로 끝났다. 말조차 붙
여보지 못했기 때문이다. 두 번째 사랑은 일본 유학 시절 오빠와
함께 유학 왔던 '박춘애'라는 성가대원 여성이었다. 하지만 이 역
시 실패했다. 집안의 허락까지 받았지만, 박춘애가 다른 남자와
약혼했기 때문이다. 두 번에 걸친 시인의 사랑은 그렇게 끝났다.

이적

— 1938년 6월 19일

발에 터분한 것을 다 빼어 버리고
황혼이 호수 위로 걸어오듯이
나도 사뿐사뿐 걸어보리이까?

내사 이 호수가로
부르는 이 없이
불리어 온 것은
참말 이적이외다.

오늘따라
연정, 자홀, 시기 이것들이
자꾸 금메달처럼 만져지는구려.

하나, 내 모든 것을 여념없이,

물결에 써서 보내려니

당신은 호면으로 나를 불러내소서.

★ 연희전문학교 문과 입학 두 달여 후 어느 호수를 바라보면서 쓴 것으로 추정되는 작품이다. 어느 호수인지에 관해서는 이런저런 설이 많지만, 확실하지 않다. 다만, 평소 걷기를 좋아했던 시인이 서울 생활을 막 시작한 후 답답한 마음을 풀려고 무작정 걷던 중 우연히 호수를 본 것으로 보인다. 제목 '이적'은 '괴이한 발걸음'으로 해석할 수 있다.

아우의 인상화

__ 1938년 9월 15일

붉은 이마에 싸늘한 달이 서리어
아우의 얼굴은 슬픈 그림이다.

발걸음을 멈추어
살그머니 애띤 손을 잡으며
「너는 자라 무엇이 되려니」
「사람이 되지」
아우의 설운 진정코 설운 대답이다.

슬며―시 잡았던 손을 놓고
아우의 얼굴을 다시 들여다본다.

싸늘한 달이 붉은 이마에 젖어
아우의 얼굴은 슬픈 그림이다.

★ 유고 시집 《하늘과 바람과 별과 시》에 수록된 작품으로, 1939년 《조선일보》 〈학생란〉에 '윤동주(尹東柱)' 또는 '윤주(尹柱)'라는 이름으로 발표했다. 아울러 동시를 발표할 때는 '윤동주(尹童舟)'라는 이름을 썼다.

육필 원고에 '모욕을 참아라'라는 메모가 눈길을 끈다. 이 말이 무엇을 뜻하는지는 정확히 알 수 없지만, 일제 암흑기를 살면서 시인이 겪은 내적 갈등을 그대로 표현한 것이 아닌가 추정된다.

〈아우의 인상화〉는 아우의 얼굴을 보면서 느낀 인상과 생각을 그린 작품으로, 아우의 얼굴을 슬픈 그림에 비유하여 일제 강점기 청년들의 슬픈 자화상을 형상화하고 있다. 그런 점에서 볼 때 시인의 대부분 시가 내면의 부끄러움을 고백했다면, 〈아우의 인상화〉는 자신이 아닌 아우에 대한 사려 깊은 배려와 걱정이 담겨 있다고 할 수 있다.

코스모스

__ 1938년 9월 20일

청초한 코스모스는
오직 하나인 나의 아가씨

달빛이 싸늘히 추운 밤이면
옛 소녀가 못 견디게 그리워
코스모스 핀 정원으로 찾아간다.

코스모스는
귀또리 울음에도 수줍어지고

코스모스 앞에선 나는
어렸을 적처럼 부끄러워지나니

내 마음은 코스모스의 마음이요
코스모스의 마음은 내 마음이다.

★ 연인에 대한 사랑을 코스모스에 비유한 작품. 물론 여기서 말하는 여인은 실제 코스모스가 아니다. 바로 어두운 현실에 갇힌 '조국'이다. 그런 점에서 '달빛이 추운 밤'은 어려움에 처한 조국의 현실을 말하는 것으로, 그때마다 시인은 '옛 소녀가 그리워 코스모스 핀 정원으로 간다'라고 말하고 있다. 이는 아름다운 세계, 즉 이상향, 희망을 찾는다는 것을 뜻한다. 나아가 그런 세계를 찾고자 하는 것이 시인의 마음이며, 코스모스의 마음임을 말하고 있다.

슬픈 족속

___ 1938년 9월

흰 수건이 검은 머리를 두르고
흰 고무신이 거친 발에 걸리우다.

흰 저고리 치마가 슬픈 몸집을 가리고
흰 띠가 가는 허리를 질끈 동이다.

★ 유고 시집《하늘과 바람과 별과 시》에 수록된 작품. 서정성 넘치는 시인의 시에서는 보기 드물게 모든 감정이 배제되어 있다. 연희전문학교에 입학하고 얼마 안 있어 쓴 작품으로 암담한 식민지의 현실에 직면하여 그 속에서 살아가지 않을 수 없는 민족의 슬픈 모습을 예리하면서도 따뜻한 시선으로 그리고 있다.

고추밭

— 1938년 10월 26일

시들은 잎새 속에서
고 빨—간 살을 드러내 놓고,
고추는 방년된 아가씬 양
땍볕에 자꾸 익어간다.

할머니는 바구니를 들고
밭머리에서 어정거리고
손가락 너어는 아이는
할머니 뒤만 따른다.

★ 유고 시집《하늘과 바람과 별과 시》에 수록된 작품.

시인이 살았을 무렵에는 남녀 할 것 없이 결혼을 서둘렀다. 빠르면 십 대 후반에서 늦어도 이십 대 중반이면 대부분 결혼해서 어엿한 어른 대접을 받았다. 그러니 40대에 할머니가 되는 일도 흔했다. 요즘으로 치면 늦둥이를 볼 수도 있는 나이에 할머니가 된 셈이다.

이 작품에 나오는 할머니 역시 그리 늙지는 않았을 것이다. 고추가 빨갛게 익어가는 것을 스무 살 처녀의 수줍어하는 얼굴이라고 표현한 것이 눈에 띈다.

그즈음의 우리네 시골 마을의 정경을 떠올리게 하는 작품으로, 바구니를 들고 고추밭을 향하는 할머니와 그 뒤를 따르는 어린 손자의 다정한 모습에 살포시 미소가 지어진다.

자화상

— 1939년 9월

산모퉁이를 돌아 논가 외딴 우물을 홀로
찾아가선 가만히 들여다봅니다.

우물 속에는 달이 밝고 구름이 흐르고
하늘이 펼치고 파아란 바람이 불고 가을이 있습니다.

그리고 한 사나이가 있습니다.
어쩐지 그 사나이가 미워져 돌아갑니다.

돌아가다 생각하니 그 사나이가 가엾어집니다. 도로 가 들여
다보니 사나이는 그대로 있습니다.

다시 그 사나이가 미워져 돌아갑니다.

돌아가다 생각하니 그 사나이가 그리워집니다.

우물 속에는 달이 밝고 구름이 흐르고 하늘이 펼치고 파아란
바람이 불고 가을이 있고 추억처럼 사나이가 있습니다.

★ 1939년 9월 〈소년〉, 〈달같이〉 등과 함께 지은 유작으로 연
희전문학교 학우회지인 《문우》 1941년 6월 호에 발표되었다.

철학적 사유를 바탕으로 민족이 처한 암울한 현실을 고발하
고 있는 작품으로, 많은 사람이 애송하는 시 중 하나이다. 무엇
보다도 시인의 시적 특색 중 하나인 자기 응시의 자세를 잘 보
여주는 작품으로, 틀에 박힌 제도적 윤리나 도덕에 빠지지 않
고 삶을 끊임없이 성찰하고자 했던 시인의 면모를 확인할 수
있다.

1948년 정리한 《하늘과 바람과 별과 시》 초간본에 육필 원고
그대로 4연을 행 갈이 없이 6연 8행으로 실었다가 1955년에 나
온 증보판에서는 6연 13행으로 정리했다.

소년

— 1939년 9월

　여기저기서 단풍잎 같은 슬픈 가을이 뚝뚝 떨어진다. 단풍잎 떨어져 나온 자리마다 봄을 마련해 놓고 나뭇가지 위에 하늘이 펼쳐 있다. 가만히 하늘을 들여다보려면 눈썹에 파란 물감이 든다. 두 손으로 따뜻한 볼을 쓸어 보면 손바닥에도 파란 물감이 묻어난다. 다시 손바닥을 들여다본다. 손금에는 맑은 강물이 흐르고, 맑은 강물이 흐르고, 강물 속에는 사랑처럼 슬픈 얼굴— 아름다운 순이의 얼굴이 어린다. 소년은 황홀히 눈을 감아 본다. 그래도 맑은 강물은 흘러 사랑처럼 슬픈 얼굴— 아름다운 순이의 얼굴은 어린다.

★ 1939년 9월 〈자화상〉, 〈달같이〉 등과 함께 지은 유작.

1941년 우리말 자선시집 《하늘과 바람과 별과 시》를 출간하려고 했을 때 선정했던 19편의 작품 중 하나로 흔한 단풍에서도 희망을 찾고자 했던 시인의 모습을 엿볼 수 있다.

연희전문학교 문과 2학년에 진급하면서 시인은 기숙사를 나와서 북아현동과 서소문 등지에서 하숙 생활을 했다. 특히 북아현동에서 살 때는 라사행과 함께 평소 존경하던 시인 정지용을 방문, 시에 관한 이야기를 나누기도 했다. 그리고 그때부터 신문과 잡지에 원고를 발표하기 시작한다.

〈소년〉은 따뜻한 봄날 같은 사랑과 하늘처럼 맑고 깨끗한 세상을 꿈꾸었던 청년 윤동주의 마음을 읽을 수 있는 작품으로, 마치 한 편의 짧은 이야기를 읽는 듯한 느낌의 산문시이다. 시인의 시 중 상대적으로 덜 알려진 편에 속하지만, 그 아름다움과 순수함만은 여느 시 못지않다. 맑은 소년의 감성으로 자연과 사랑을 노래하는 모습이 우리가 상상하던 시인의 모습과 똑 닮아 있기 때문이다.

달같이

— 1939년 9월

연륜이 자라듯이

달이 자라는 고요한 밤에

달같이 외로운 사랑이

가슴하나 뻐근히

연륜처럼 피어나간다.

★ 1939년 9월 〈자화상〉, 〈소년〉 등과 함께 지은 유작.

연륜이 자란다는 것은 사람이 성장한다는 것이다. 시인 역시 달처럼 외롭게 성장했다. 달은 미지의 세계를 상징하기도 하지만, 어둠 속에서 세상과 사람들을 밝게 비추는 희망을 상징하기도 한다. 시인 역시 자신이 그런 사람이 되기를 바랐을 것이다.

투르게네프의 언덕

__ 1939년 9월

나는 고갯길을 넘고 있었다… 그때 세 소년 거지가 나를 지나쳤다.

첫째 아이는 잔등에 바구니를 둘러메고, 바구니 속에는 사이다병, 간즈메통, 쇳조각, 헌 양말짝 등 폐물이 가득하였다.

둘째 아이도 그러하였다.

셋째 아이도 그러하였다.

텁수룩한 머리털, 시커먼 얼굴에 눈물 고인 충혈된 눈, 색 잃어 푸르스름한 입술, 너덜너덜한 남루, 찢겨진 맨발,

아— 얼마나 무서운 가난이 이 어린 소년들을 삼키었느냐!

나는 측은한 마음이 움직이었다.

나는 호주머니를 뒤지었다. 두툼한 지갑, 시계, 손수건……있을 것은 죄다 있었다.

그러나 무턱대고 이것들을 내줄 용기는 없었다. 손으로 만지
작만지작 거릴 뿐이었다.

다정스레 이야기나 하리라 하고 "얘들아" 불러 보았다.

첫째 아이가 충혈된 눈으로 흘끔 돌아다 볼 뿐이었다.

둘째 아이도 그러할 뿐이었다.

셋째 아이도 그러할 뿐이었다.

그리고는 너는 상관없다는 듯이 자기네끼리 소근소근 이야
기하면서 고개로 넘어갔다.

언덕 위에는 아무도 없었다.

짙어가는 황혼이 밀려들 뿐—

★ 이반 투르게네프는 톨스토이, 도스토옙스키와 함께 러시
아 문학을 대표하는 소설가로 널리 알려져 있다. 하지만 그는 시
로 시작해서 시로 문학 인생을 마무리했을 만큼 시를 사랑했다.
그 때문에 러시아 문학을 공부하는 사람이라면 으레 그의 시, 그
것도 산문시에 주목하기 마련이다. 거기에는 노년의 투르게네
프가 뒤늦게 깨달은 삶의 가치와 진리가 담겨 있기 때문이다.

투르게네프는 이광수, 톨스토이와 함께 20세기 초 우리나라

지식인들 사이에서 가장 많이 읽혔던 작가 중 한 명이었다. 그만큼 많은 영감을 주었다.

시인 역시 투르게네프의 산문시를 탐독하며 많은 영향을 받았다. 특히 〈투르게네프의 언덕〉은 그의 산문시 중 가장 인기를 끈 〈거지〉를 오마주한 것이다.

… 거지는 몸을 부들부들 떨며 손을 내민 채 그대로 서 있었다. 나는 어찌할 바를 몰라 그의 더러운 손을 꼭 잡고는 "어르신, 죄송합니다. 지금은 가진 것이 아무것도 없네요"라고 했다.

거지는 웃음을 띤 채 나를 쳐다보더니, 내 손을 꼭 잡으며 이렇게 말했다.

"천만의 말씀입니다, 선생님. 제 손을 잡아주신 것만으로도 대단히 감사드릴 일인걸요."

그제야 나는 그 노인에게 한 수 배웠다는 것을 깨달았다.

투르게네프의 수작 중 하나로 젊은 지식인의 비극적 삶을 다룬 소설《루딘》역시 시인에게 많은 영향을 미쳤다. 사실 시인의 작품 전반에 흐르는 지식인의 고뇌와 괴로움의 출발점은 《루딘》이라고 해도 과언은 아니다.

《루딘》은 당시 암울한 사회 상황과 정치적 혼란 속에서 젊은 청년 루딘이 삶의 의미와 가치를 찾는 여정을 담은 작품이다. 소설에서 루딘은 이렇게 말한다.

"우리의 조국 러시아는 우리가 없어도 전진하겠지만, 우리 중 누구도 조국 없이 살아갈 수는 없을 것입니다."

투르게네프는 인간을 '햄릿형'과 '돈키호테형'으로 구별했다. 햄릿은 생각에만 몰두하는 분석적이고 우유부단한 인물이다. 자신을 맹신하는 동시에 의심하고, 행동하지 못하는 것을 끊임없이 자책한다. 반면, 돈키호테는 생각보다 행동이 우선이며, 자신이 옳다고 생각하면 주저하지 않고 돌진한다. 이상을 실현하기 위해서는 목숨까지도 희생할 각오가 되어 있다.

투르게네프는 우유부단한 햄릿형 인간보다는 저돌적으로 행동하는 돈키호테형 인간이 되자고 했다. 세상을 끌어가는 것은 돈키호테형 인간이기 때문이다.

부조리가 만연하고 불의한 시대일수록 돈키호테형 인간이 주목받기 마련이다. 시인이 살던 시대 역시 그런 시대였다. 그러다 보니 행동을 중시하는 송몽규가 시인보다 먼저 주목받는 것은 어쩌면 당연했다. 시인의 작품 전반에 드러나는 부끄러움과 자기반성은 거기서 오는 질책이라고 할 수 있다.

장미 병들어

__ 1939년 9월 추정

장미 병들어
옮겨 놓을 이웃이 없도다.

달랑달랑 외로히
황마차 태워 산에 보낼거나

뚜—— 구슬피
화륜선 태워 대양에 보낼거나

프로펠러 소리 요란히
비행기 태워 성층권에 보낼거나

이것 저것
다 그만두고

자라가는 아들이 꿈을 깨기 전
이내 가슴에 묻어다오.

★ 시인이 가장 활발하게 문학적 활동을 하던 1939년 〈비 오는 밤〉, 〈사랑의 전당〉, 〈슬픈 족속〉 등과 함께 삶의 괴로움을 이겨내고, 막연한 방황에서 벗어나고자 애쓰며 쓴 작품으로 알려져 있다.

시인의 벗이었던 고 문익환 목사에 따르면, 시인은 연희전문학교 시절 프란시스 잠의 시집 《밤의 노래》를 읽고 또 읽었다고 한다. 프란시스 잠은 파리의 풍요로움과 화려함 속에 깃든 공허함과 불안, 고독을 일상의 언어로 풀어낸 시인이다. 이에 시인은 〈별 헤는 밤〉에서 그와 마리아 릴케의 이름을 되뇌며, 자신이 마주한 시대의 고통을 서정성 짙은 작품으로 승화시키고자 했다. 〈장미 병들어〉 역시 그 영향을 받은 듯 탐미주의적 경향이 엿보인다.

산골물

— 1939년 9월 추정

괴로운 사람아 괴로운 사람아

옷자락 물결 속에서도

가슴속 깊이 돌돌 샘물이 흘러

이 밤을 더불어 말할 이 없도다.

거리의 소음과 노래 부를 수 없도다.

그신 듯이 냇가에 앉았으니

사랑과 일을 거리에 맡기고

가만히 가만히

바다로 가자.

바다로 가자.

★ 1939년 9월 이후 1940년 12월까지 1년 2개월 동안 시인은 시를 쓰지 않았다. 중학교 시절부터 하루에도 몇 편씩 시를 쓰던 시인이 절필하게 된 이유는 알려지지 않았다. 다만, 그즈음의 상황을 통해 그 이유를 유추할 수 있을 뿐이다.

1939년 11월 10일, 일본은 '조선인의 씨명에 관한 건' 이른바 '창씨개명'을 공포한다. 나라와 우리말을 빼앗은 것도 모자라서 민족의 성과 이름마저 빼앗겠다는 것이었다. 그런 일본의 만행에 시인은 매우 분노하고 허탈해했을 것이다. 나아가 그것이 그렇게 좋아하던 시를 쓸 의욕마저 빼앗아간 것이리라.

절필하기 직전에 쓴 것으로 추정되는 이 작품에는 시대의 고통과 괴로움을 극복하고 새로운 이상 세계로 나가고자 하는 시인의 강렬한 의지와 열망이 담겨 있다.

팔복

__ 1940년 12월

마태복음 5장 3 ― 12

슬퍼하는 자는 복이 있나니

슬퍼하는 자는 복이 있나니

슬퍼하는 자는 복이 있나니

슬퍼하는 자는 복이 있나니

슬퍼하는 자는 복이 있나니

슬퍼하는 자는 복이 있나니

슬퍼하는 자는 복이 있나니

슬퍼하는 자는 복이 있나니

저희가 영원히 슬플 것이오.

★ 유고 시집《하늘과 바람과 별과 시》에 수록된 작품.

1939년 한 해 동안 시인이 쓴 시는 6편에 불과했다. 그만큼 고뇌와 번민이 깊었다. 민족의 말과 글은 물론 성과 이름까지 빼앗기는 현실에 크게 절망했기 때문이다. 이는 종교에 대한 회의로까지 이어져 한동안 절필하게까지 했다.

알다시피, 시인의 작품 전반에 깔린 정서는 '부끄러움'과 '자기반성'이다. 그 시대 나라 잃은 지식인의 고뇌와 부끄러움을 마치 자신의 잘못인 듯 끊임없이 아파한 것이다. 그런 시인이 바라본 세상과 사람들은 온통 환자투성이였다. 그런 사람들을 보며 시인은 과연 무슨 생각을 했을까.

시집《하늘과 바람과 별과 시》의 원래 제목은《병원》이었다. 말과 글, 나라, 이름과 성까지 빼앗겼는데도 아무렇지 않게, 즉 아파도 아프다고 하지 않는 사람들이 환자처럼 보였기에 때문이다.

〈팔복〉은《마태복음》5장 3~12절을 모티브로 하고 있다. 그러나《성경》에서 말하는 '팔복'과는 다르다. '슬퍼하는 자는 복이 있나니'를 여덟 번 반복함으로써 끝 모를 절망감에 사로잡혀 있기 때문이다. 하지만 이는 그만큼 독립에 대한 강인한 열망을 꿈꾸고 있음을 뜻한다.

병원

__ 1940년 12월

살구나무 그늘로 얼굴을 가리고, 병원 뒷뜰에 누워, 젊은 여자가 흰옷 아래로 하얀 다리를 드러내 놓고 일광욕을 한다. 한나절이 기울도록 가슴을 앓는다는 이 여자를 찾아오는 이, 나비 한마리도 없다. 슬프지도 않은 살구나무가지에는 바람조차 없다.

나도 모를 아픔을 오래 참다 처음으로 이곳에 찾아왔다. 그러나 나의 늙은 의사는 젊은이의 병을 모른다. 나한테는 병이 없다고 한다. 이 지나친 시련, 이 지나친 피로, 나는 성내서는 안 된다.

여자는 자리에서 일어나 옷깃을 여미고 화단에서 금잔화 한포기를 따 가슴에 꽂고 병실 안으로 사라진다. 나는 그 여자의 건강이— 아니 내 건강도 속히 회복되기를 바라며 그가 누웠든

자리에 누어본다.

★ 유고 시집 《하늘과 바람과 별과 시》에 수록된 작품.

말했다시피, 시인은 시집 《하늘과 바람과 별과 시》의 원래 제목을 《병원》이라고 지었다. 병원이 아픈 사람을 치료하듯, 자신의 시가 상처 입은 우리 민족을 위로하고 치유할 수 있기를 진심으로 바랐기 때문이다. 하지만 그런 바람은 시인 생전에 이루어지지 못했다. 만일 시인의 뜻대로 시집이 출간되었다면 많은 사람이 마음의 상처를 치료하고 위로받았을 것이다.

〈병원〉은 젊은 여자 환자를 통해 시인이 자신을 성찰하는 작품이다. 나아가 시에서 말하는 '병원'은 시인의 고독한 내면이자, 당시의 암울한 현실을 말한다. 그런 점에서 이 작품은 병원이라는 매개체를 통해 동시대를 살아가는 이들의 내적 고뇌와 이를 극복하려는 기원과 바람을 담고 있다고 할 수 있다.

그렇다면 암흑의 시대를 살며 부끄러움을 이야기했던 시인은 과연 지금 세상을 어떻게 생각할까. 모두가 아무 걱정 없이 사는 병원이 필요하지 않은 세상이라고 말할 수 있을까.

위로

__ 1940년 12월

거미란 놈이 흉한 심보로 병원 뒷뜰 난간과 꽃밭 사이 사람 발이 잘 닿지 않는 곳에 그물을 쳐놓았다. 옥외요양을 받는 젊은 사나이가 누워서 쳐다보기 바르게—

나비가 한 마리 꽃밭에 날아들다 그물에 걸리었다. 노—란 날개를 파득거려도 파득거려도 나비는 자꾸 감기우기만 한다. 거미가 쏜살같이 가더니 끝없는 끝없는 실을 뽑아 나비의 온몸을 감아버린다. 사나이는 긴 한숨을 쉬었다.

나이보담 무수한 고생 끝에 때를 잃고 병을 얻은 이 사나이를 위로할 말이— 거미줄을 헝클어 버리는 것밖에 위로의 말이 없었다.

★ 1년 2개월의 침묵을 끝낸 시인은 1940년 12월 말 〈팔복〉, 〈병원〉, 〈위로〉를 쓴다.

〈팔복〉이 독립에 대한 강인한 열망을 담았다면, 〈병원〉은 암울한 시대를 사는 민족의 상처를 따뜻하게 보듬고 있다. 〈병원〉의 연장선에 있는 이 작품은 불행한 삶을 사는 민족을 위로하기 위해 〈팔복〉 원고 뒷면에 썼다.

거미줄에 걸린 나비와 이를 하릴없이 쳐다보기만 하는 요양 중인 젊은 사나이에 대해 안타까움과 연민의 정을 드러내고 있는 이 작품에서 시인은 나라를 빼앗긴 암담한 현실과 그럼에도 불구하고, 그 땅에 살아야 하는 민족의 아픔을 그리고 있다.

요양 중인 젊은 환자가 거미줄에 걸린 나비가 잡아먹히는 것을 목격하며 자신의 처지를 비관하자, 시인은 이렇게 고백한다.

"…무수한 고생 끝에 때를 잃고 병을 얻은 이 사나이를 위로할 말이… 거미줄을 헝클어 버리라는 것밖에, 위로의 말이 없었다"라고.

알다시피, '거미줄'은 일본은, '나비'는 우리 민족을 상징한다. 이렇듯 시인은 끊임없이 고뇌하면서 어려움에 처한 민족을 위로하고자 했다. 하지만 정작 자신은 돌보지 못했다. 이제 우리가 그런 시인의 넋을 위로할 차례이다.

무서운 시간

_ 1941년 2월 7일

거 나를 부르는 것이 누구요

가랑잎 이파리 푸르러 나오는 그늘인데
나 아직 여기 호흡이 남아 있소.

한번도 손들어 보지 못한 나를
손들어 표할 하늘도 없는 나를

어디에 내 한몸 둘 하늘이 있어
나를 부르는 것이오.

일이 마치고 내 죽는 날 아침에는

서럽지도 않은 가랑잎이 떨어질 텐데……

나를 부르지 마오.

★ 유고 시집 《하늘과 바람과 별과 시》에 수록된 작품.

생각건대, 일제 강점기 암흑기를 살던 시인의 절망이 이보다 잘 드러난 작품은 없을 것이다.

시인에게 연희전문학교 시절 4년은 일제 치하의 참담한 현실과 부끄러움에 눈뜨는 과정이었다. 나라를 잃은 지식인으로서 심한 고뇌와 갈등을 겪었던 시인은 졸업을 전후해 내적 방황과 역사의 무게를 시로 표현하기 시작한다. '나 아직 여기 호흡이 남아있소'(〈무서운 시간〉) 라고 외치는가 하면, '모퉁이마다/자애로운 헌 와사등에/불을 켜놓고'(〈간판 없는 거리〉) 사람들의 손목을 잡거나 보듬는다.

시인은 독립투쟁 일선에서 장렬하게 산화한 투사도 아니요, 남긴 작품이 많은 것도 아니다. 그런데도 한국인이 가장 좋아하는 시인으로 꼽히는 이유는 끊임없이 자기를 돌아보고 부끄러워할 줄 알았기 때문이다.

눈 오는 지도

__ 1941년 3월 12일

　순이가 떠난다는 아침에 말못할 마음으로 함박눈이 나려, 슬픈 것처럼 창밖에 아득히 깔린 지도 위에 덮힌다.

　방안을 돌아다보아야 아무도 없다. 벽과 천정이 하얗다. 방안에까지 눈이 나리는 것일까, 정말 너는 잃어버린 역사처럼 홀홀이 가는 것이냐, 떠나기 전에 일러둘 말이 있던 것을 편지를 써서도 네가 가는 곳을 몰라 어느 거리, 어느 마을, 어느 지붕 밑, 너는 내 마음 속에만 남아 있는 것이냐, 네 쪼고만 발자욱을 눈이 자꾸 나려 덮혀 따라갈 수도 없다. 눈이 녹으면 남은 발자욱 자리마다 꽃이 피리니 꽃 사이로 발자욱을 찾아 나서면 일년 열두 달 하냥 내 마음에는 눈이 나리리라.

★ 유고 시집《하늘과 바람과 별과 시》에 수록된 작품.

시인의 시 〈사랑의 전당〉과 〈소년〉, 〈눈 오는 지도〉에는 어김없이 '순이'가 등장한다. 그렇다면 순이는 과연 누구일까. 시인의 막역지우(莫逆之友)로 유고 시집《하늘과 바람과 별과 시》를 발간하는 데 결정적인 역할을 했던 강처중은 시집 발문에 이렇게 썼다.

"그는 한 여성을 사랑하였다. 하지만 그것을 그 여성에게도, 친구들에게도 끝내 고백하지 않았다. 그 여성도 모르는, 친구들도 모르는 사랑을, 회답도 없고 돌아오지도 않는 사랑을 제 홀로 간직한 채 고민하면서, 희망하면서…. 쑥스럽다고 할까, 어리석다 할까, 어쨌건 친구들에게 이것만은 힘써 감추었다."

일설에 의하면, 순이는 이화여대 문과 졸업반 여학생이라고 한다. 시인은 그녀와 교회를 함께 다니며 성경 수업을 함께 들었다고 한다. 하지만 단 한 번도 그녀에 대한 감정을 고백한 적이 없다. 사랑의 달콤함보다는 시대의 상처를 아파하고, 그런 상황에서 아무것도 할 수 없는 자신을 부끄럽게 생각했기 때문이다.

〈눈 오는 지도〉에는 그런 순이를 떠나보내는 시인의 애틋함과 이별의 안타까움이 잘 나타나 있다.

태초의 아침

___ 1941년 5월 31일

봄날 아침도 아니고
여름, 가을, 겨울,
그런 날 아침도 아닌 아침에

빨─간 꽃이 피여낫네
햇빛이 푸른데

그 전날 밤에
그 전날 밤에
모든 것이 마련되었네

사랑은 뱀과 함께

독은 어린 꽃과 함께

★ 유고 시집 《하늘과 바람과 별과 시》에 수록된 작품.

시인의 모태 신앙인 그리스도교적 인식을 보여주는 작품으로, 〈또 태초의 아침〉, 〈새벽이 올 때까지〉, 〈십자가〉 등과 함께 인간의 근원적인 부조리와 그리스도교적인 예언을 담은 작품으로 알려져 있다.

〈태초의 아침〉은 신이 만물을 창조하기 이전의 최초의 시간을 말한다. 그렇다면 시인은 왜 태초의 아침을 부르짖은 것일까. 모든 것을 새롭게 시작하고자 하는 바람은 아니었을까. 그런 점에서 볼 때 시인을 저항 시인으로 보는 관점에서는 다소 낯선 작품이라고 할 수 있다.

또 태초의 아침

_ 1941년 5월 31일

하얗게 눈이 덮이었고
전신주가 잉잉 울어
하나님 말씀이 들려온다.

무슨 계시일까.

빨리
봄이 오면
죄를 짓고
눈이
밝아

윤동주의 문장 _ 시

이브가 해산하는 수고를 다하면

무화과 잎사귀로 부끄런 데를 가리고

나는 이마에 땀을 흘려야겠다.

★ 유고 시집《하늘과 바람과 별과 시》에 수록된 작품.

연희전문학교 4학년이던 1941년 시인은 이사를 자주 했다. 연초에 두 달여 간 신촌에서 하숙하다가 다시 기숙사로 돌아갔다가, 5월 초에 후배 정병욱과 함께 다시 기숙사를 나왔다. 그렇게 해서 얻은 하숙집이 소설가 김송의 집이었다.

시인은 그곳에서 머문 3개월 동안 김송과 문학에 관한 수많은 이야기를 나누며, 어느 때보다 편안한 분위기 속에서 작품 활동에 전념했다. 시인의 작품 중 1941년 5월과 6월에 쓰인 작품이 많은 이유는 바로 그 때문이다.

〈또 태초의 아침〉 역시 그때 쓴 작품으로 인간의 근원적인 부조리와 함께 그리스도교적인 예언을 담고 있다.

십자가

__ 1941년 5월 31일

쫓아오던 햇빛인데
지금 교회당 꼭대기
십자가에 걸리었습니다.

첨탑이 저렇게도 높은데
어떻게 올라갈 수 있을까요.

종소리도 들려오지 않는데
휘파람이나 불며 서성거리다가

괴로웠던 사나이
행복한 예수—그리스도에게

처럼

십자가가 허락된다면

모가지를 드리우고
꽃처럼 피어나는 피를
어두워 가는 하늘밑에
조용히 흘리겠습니다.

★ 유고 시집《하늘과 바람과 별과 시》에 수록된 작품.

암울한 현실에 굴하지 않고, 괴로우면서도 행복한 면류관을
쓰기를 바랐던 시인의 순결한 기독교적 세계관과 시인으로서
의 비장한 소명 의식이 가장 강렬하게 드러난 작품이다. 실례
로 흔히 교회에서 십자가는 '희망'을 상징하지만, 이 시에서 시
인은 '자기희생'의 의미로 십자가를 내세우고 있다. 즉, 자신을
희생함으로써 새로운 희망을 찾겠다는 굳은 각오를 보이는 셈
이다. 그런 점에서 볼 때 〈십자가〉는 인고의 정신과 속죄양 의
식으로서의 저항 정신이 선명하게 드러난 작품이라고 할 수
있다.

눈 감고 간다

__1941년 5월 31일

태양을 사모하는 아이들아
별을 사랑하는 아이들아

밤이 어두웠는데
눈감고 가거라.

가진 바 씨앗을
뿌리면서 가거라.

발뿌리에 돌이 채이거든
감았던 눈을 왓작 떠라.

★ 유고 시집 《하늘과 바람과 별과 시》에 수록된 작품.

〈눈 감고 간다〉에서 아이들은 '우리 민족'을 상징한다. 그런데 그 민족 앞에 어두운 밤, 즉 일제 강점기라는 생각하지도 못한 현실이 찾아온다. 하지만 시인은 그렇다고 해서 절망해서는 안 되며, "눈을 감고 걷되, 씨를 뿌리면서 가라"라고 말한다. 비록 어둠 속에 있지만, 그것을 꿋꿋이 헤쳐나가면서 희망을 품으라는 것이다. 어둠이 다하면 새벽이 오고, 추위 끝에는 결국 봄이 오기 마련이기 때문이다.

새벽이 올 때까지

_ 1941년 5월 추정

다들 죽어가는 사람들에게
검은 옷을 입히시오.

다들 살아가는 사람들에게
흰 옷을 입히시오.

그리고 한 침대에
가지런히 잠을 재우시오.

다들 울거들랑
젖을 먹이시오.

이제 새벽이 오면

나팔소리 들려올 게외다.

★ 유고 시집 《하늘과 바람과 별과 시》에 수록된 작품.

시인의 삶에서 빼놓을 수 없는 것이 바로 '교회(기독교)'다. 시인의 증조부 윤재옥은 1886년 가족을 이끌고 북간도로 이주한 후 기독교를 받아들였다. 그 결과, 조부 윤하현은 교회 장로로서 마을 사람들의 신망이 두터웠고, 명동학교 교사였던 부친 윤영석은 베이징 유학까지 다녀온 독실한 크리스천 지식인이었다. 그러니 당연히 한집에서 태어난 시인과 고종사촌 송몽규는 유아 세례를 받고 함께 주일학교에 다니며 기독교적 세계관을 확립했고, 작품에도 그 색채가 그대로 드러났다. 자기희생을 바탕으로 한 순교자의 기질 역시 거기서 비롯되었다.

절망의 시대 우리 민족에게 시인은 빛이요, 희망이었다. 민족의 새벽을 꿈꾸며 기도하던 시인이 있었기에 그나마 덜 우울할 수 있었다. 힘들고 고통스러운 상황에서도 민족의 힘이 되고자 자기 마음을 감춰야만 했던 시인 생각에 가만히 눈을 감아본다.

못 자는 밤

_ 1941년 6월 추정

하나, 둘, 셋, 네

....

밤은

많기도 하다.

★ 유고 시집 《하늘과 바람과 별과 시》에 수록된 작품으로, 육필 원고에 특별한 메모가 적혀 있다.

"미(美)를 인정하는 것은 생명에 대한 참여를 기꺼이 승인하고, 생명에 참가하는 것과 다름없기 때문이다."

이는 미국 작가 월도 프랭크의 말을 인용한 것으로, 시인이 얼마나 따뜻한 휴머니즘의 소유자였는지 보여준다.

누구나 잠들지 못하는 밤이 가끔 있다. 그 이유는 각양각색이다. 현실적인 고민이 많아서 일 수도 있고, 막막하고 답답한 미래가 원인일 수도 있다.

〈못 자는 밤〉에서 시인은 그런 밤을 헤아리다가 이내 포기하고 만다. 그것이 무수하게 반복되리라는 것을 알고 있기 때문이다. 그렇다면, 시인은 무엇 때문에 잠들지 못한 것일까. 당연히 나라를 빼앗긴 데서 오는 고뇌와 괴로움 때문이었다. 그것이 젊은 시인에게는 부끄러움이 되어 무수한 밤을 잠들지 못하게 했다. 잠 못 이룬 채 밤을 헤아리는 시인의 안타까움이 느껴지는 작품이다.

돌아와 보는 밤

___ 1941년 6월 추정

　세상으로부터 돌아오듯이 이제 내 좁은 방에 돌아와 불을 끄옵니다. 불을 켜두는 것은 너무나 피로롭은 일이옵니다. 그것은 낮의 연장이옵기에—

　이제 창을 열어 공기를 바꾸어 들여야 할 텐데 밖을 가만히 내다보아야 방안과 같이 어두워 꼭 세상 같은데 비를 맞고 오던 길이 그대로 비속에 젖어 있사옵니다.

　하루의 울분을 씻을 바 없어 가만히 눈을 감으면 마음 속으로 흐르는 소리, 이제 사상이 능금처럼 저절로 익어 가옵니다.

★ 유고 시집《하늘과 바람과 별과 시》에 수록된 작품.

서울 종로구 누상동 9번지, 소설가 김송의 집에서 하숙하는 네 달여 동안 시인은 〈돌아와 보는 밤〉, 〈눈 감고 가다〉, 〈십자가〉 등 9편의 시를 쓴다.

김송은 시인보다 여덟 살 위로 일본 유학 시절의 감옥 체험을 다룬 영화 〈지옥〉을 조선극장에서 공연하다가 일본 경찰에 의해 중단당하는 등 일본에는 요시찰 대상이었다. 그 때문에 곧 그곳을 나와 이화여전 근처인 북아현동 하숙집으로 옮겨야만 했다. 정병욱의 말에 의하면, 시인이 그때 북아현동으로 하숙을 옮긴 이유는 영어 성경 공부를 함께했던 이화여전 여학생 때문이었다고 한다.

〈돌아와 보는 밤〉은 암흑과 고독의 상태에서 자신의 마음을 들여다보며 부정적인 현실을 이겨내고자 하는 마음을 담은 작품이다. 과연, 시인은 하숙집 그 좁은 방에 누워서 무슨 생각을 했을까.

간판 없는 거리

_ 1941년 6월 추정

정거장 플랫폼에
내렸을 때 아무도 없어

다들 손님들뿐
손님 같은 사람들뿐

집집마다 간판이 없어
집 찾을 근심이 없어

빨갛게
파랗게
불붙는 문자도 없이

모퉁이마다

자애로운 헌 와사등에

불을 켜놓고

손목을 잡으면

다들, 어진 사람들

다들, 어진 사람들

봄, 여름, 가을, 겨울,

순서로 돌아들고.

★ 정거장에 내렸는데 아는 사람이 아무도 없고, 누구도 아는
척하지 않는다면 과연 어떤 기분일까. 세상에 홀로 떨어진 듯한
기분일 것이다. '간판이 없다'는 것은 그것을 더 강조하기 위한
표현으로 보인다. 간판 없는 거리는 나라를 빼앗긴 우리나라를
상징한다. 즉, 이 작품은 어디를 가도 외로운 우리 민족의 슬픔
을 노래하고 있다.

바람이 불어

__ 1941년 6월 2일

바람이 어디로부터 불어와
어디로 불려가는 것일까

바람이 부는데
내 괴로움에는 이유가 없다.

내 괴로움에는 이유가 없을까

단 한 여자를 사랑한 일도 없다.
시대를 슬퍼한 일도 없다.

바람이 자꾸 부는데

내 발이 반석 위에 섰다.

강물이 자꾸 흐르는데
내 발이 언덕 위에 섰다.

★ 유고 시집《하늘과 바람과 별과 시》에 수록된 작품.

시인의 시에는 조국을 잃은 설움과 현실을 이겨 내고자 하는 염원이 담겨 있다. 하지만 이 시만은 예외다. 역사라는 강물 앞에서 무기력하고 나약한 자신의 존재를 깨닫고 괴로워하는 마음만 드러나 있을 뿐, 시대의 아픔에 적극적으로 맞서는 의지나 각오는 찾아볼 수 없다. 어지러운 마음으로 낯선 타향의 언덕 위에 서서 도도히 흐르는 강물을 말없이 바라보며 괴로워했을 시인의 모습이 눈앞에 어른거린다.

또 다른 고향

_ 1941년 9월 추정

고향에 돌아온 날 밤에
내 백골이 따라와 한 방에 누웠다.

어둔 방은 우주로 통하고
하늘에선가 소리처럼 바람이 불어온다.

어둠 속에 곱게 풍화작용하는
백골을 들여다보며
눈물짓는 것이 내가 우는 것이냐
백골이 우는 것이냐
아름다운 혼이 우는 것이냐

지조 높은 개는
밤을 새워 어둠을 짖는다.

어둠을 짖는 개는
나를 쫓는 것일 게다.

가자 가자
쫓기우는 사람처럼 가자.
백골 몰래
아름다운 또 다른 고향에 가자.

★ 유고 시집《하늘과 바람과 별과 시》에 수록된 작품.
시인의 여느 시처럼 자아 성찰과 복잡한 내면세계를 묘사하
고 있다. 연희전문학교 졸업 직전에 쓴 시로 암울한 현실을 이
기고 이상 세계를 추구하려는 의지가 담겨 있다. 화자인 내가
백골과 함께 고향에 돌아와 누워 있는 방은 외부 세계와는 단
절된 채 우주로만 통하는 실존의 공간이다. 그 공간에서 시인
은 아름다운 혼을 통해 새로운 이상 세계를 갈망한다. 어두운

방 안에서 서로 갈등하기도 하고 서로 결속하기도 하는 나와 백골과 아름다운 혼은 각각 분리된 것 같지만, 시의 흐름을 따라 결국 하나의 자아로 결합한다.

　암담한 식민지 현실에서 더욱 나은 세계를 추구하고자 하는 시인의 갈망이 잘 드러난 작품이다.

길

— 1941년 9월 30일

잃어 버렸습니다.
무얼 어디다 잃었는지 몰라
두 손이 주머니를 더듬어
길에 나아갑니다.

돌과 돌과 돌이 끝없이 연달아
길은 돌담을 끼고 갑니다.

담은 쇠문을 굳게 닫아
길 위에 긴 그림자를 드리우고

길은 아침에서 저녁으로

저녁에서 아침으로 통했습니다.

돌담을 더듬어 눈물짓다
처다보면 하늘은 부끄럽게 푸릅니다.

풀 한 포기 없는 이 길을 걷는 것은
담 저쪽에 내가 남아 있는 까닭이고

내가 사는 것은, 다만
잃은 것을 찾는 까닭입니다.

★ 진정한 삶의 가치를 추구하려는 식민지 지식인의 결연한 자세가 엿보이는 작품으로, 유고 시집《하늘과 바람과 별과 시》에 수록되었다.

다른 작품에서 '방'이나 '우물'이라는 공간을 통해 자아를 성찰했듯이, 이 시에서는 '길'이라는 매개체를 통해 자신을 돌아보고 있다. 주목할 점은 길은 앞으로 나아가야 할 공간이자 도착해야 할 목적지이기도 하다는 점이다. 그러니 거기에는 수많은 시련과 고통 역시 반드시 존재할 터. 그 때문에 길은 무수한 시련과 고통을 극복하는 공간이기도 하다. 그런 점에서 볼 때 〈길〉은 부단한 자기성찰을 통해 현실의 아픔을 극복하고 본질적인 자아를 회복하려는 의지가 담긴 작품이라고 할 수 있다.

별 헤는 밤

__ 1941년 11월 5일

계절이 지나가는 하늘에는
가을로 가득 차 있습니다.

나는 아무 걱정도 없이
가을 속의 별들을 다 헤일 듯합니다.

가슴 속에 하나 둘 새겨지는 별을
이제 다 못 헤는 것은
쉬이 아침이 오는 까닭이요,
내일 밤이 남은 까닭이요,
아직 나의 청춘이 다하지 않은 까닭입니다.

별 하나에 추억과

별 하나에 사랑과

별 하나에 쓸쓸함과

별 하나에 동경과

별 하나에 시와

별 하나에 어머니, 어머니,

어머님, 나는 별 하나에 아름다운 말 한마디씩 불러봅니다. 소학교때 책상을 같이 했던 아이들의 이름과, 패, 경, 옥 이런 이국 소녀들의 이름과 벌써 애기 어머니 된 계집애들의 이름과, 가난한 이웃사람들의 이름과, 비둘기, 강아지, 토끼, 노새, 노루, 「프란시스 잠」「라이너 마리아 릴케」이런 시인의 이름을 불러봅니다.

이네들은 너무나 멀리 있습니다.

별이 아슬히 멀 듯이,

어머님,

그리고 당신은 멀리 북간도에 계십니다.

나는 무엇인지 그리워

이 많은 별빛이 나린 언덕 위에

내 이름자를 써보고,

흙으로 덮어 버리었습니다.

딴은 밤을 새워 우는 벌레는

부끄러운 이름을 슬퍼하는 까닭입니다.

그러나 겨울이 지나고 나의 별에도 봄이 오면

무덤 위에 파란 잔디가 피어나듯이

내 이름자 묻힌 언덕 위에도

자랑처럼 풀이 무성할 게외다.

★ 유고 시집《하늘과 바람과 별과 시》에 수록된 작품으로, 시
인의 작품 중 가장 서정성이 짙다. 그러나 육필 원고를 보면 시
가 1차로 완성된 후 별도로 뒷부분을 추가했음을 알 수 있다.
1941년 11월 5일에 썼다고 기록했는데, 추후 '그러나 겨울이 지
나고 나의 별에도 봄이 오면/ 무덤 위에 파란 잔디가 피어나듯

이/ 내 이름자 묻친 언덕 위에도/ 자랑처럼 풀이 무성할 게외다'라는 4행을 덧붙인 것이다.

이 작품에서 시인은 하늘, 가을, 별, 고향처럼 추억을 불러일으키는 소재와 어머니, 어린 시절의 벗들, 프란시스 잠, 라이너 마리아 릴케 같은 시인이 그리워하던 존재와 외국의 시인들을 등장시키며 마치 이야기하듯 서정의 밀도를 점점 강화하고 있다. 하지만 이는 별빛 가득한 밤 언덕 위에 '내 이름'을 썼다가 흙으로 덮어 버리면서 돌연 급변한다. 아픈 시대를 사는 시인의 자각이 비로소 드러나기 때문이다. 이후 마지막 연에는 시대의 아픔을 극복하려는 의지가 강하게 표현되어 있다.

〈별 헤는 밤〉에는 진한 그리움이 배어 있다. 별은 꿈과 소망의 의미를 지니고 있다. 이에 시인은 열두 번이나 별을 그리며, 미래에 대한 희망을 드러냄과 동시에 어두운 현실을 돌파하려는 강인한 의지를 보이고 있다.

한편, 〈별 헤는 밤〉은 어떤 매개체를 통해 어머니를 비롯한 그리운 이들과 프란시스 잠, 라이너 마리아 릴케 등을 등장시키고 있다는 점에서 백석의 〈흰 바람벽이 있어〉와 발상과 표현 방법이 매우 유사하다. 이는 시인이 백석을 흠모해 그의 시집을 열독하고, 그와 같은 시를 쓰고자 했기 때문이라고 할 수 있다.

서시

__ 1941년 11월 20일

죽는 날까지 하늘을 우러러
한점 부끄럼이 없기를,
잎새에 이는 바람에도
나는 괴로워했다.
별을 노래하는 마음으로
모든 죽어가는 것을 사랑해야지
그리고 나한테 주어진 길을
걸어가야겠다.

오늘밤에도 별이 바람에 스치운다.

★ 유고 시집《하늘과 바람과 별과 시》에 수록된 작품.

많은 사람이 시인하면 가장 먼저 떠올릴 만큼 시인을 대표하는 작품이기도 하다.

생각건대, 〈서시〉를 읽고 한 번쯤 뭉클한 감동과 아픔을 느끼지 않은 한국인은 없을 것이다. 시대적 절망과 깊은 고뇌 속에서도 자기에게 주어진 길을 가고자 했던 시인의 올곧은 마음이 시 속에 그대로 드러나 있기 때문이다. 그만큼 〈서시〉는 우리를 감동하게 할 뿐만 아니라 부끄럽게 한다.

〈서시〉에 드러난 각오처럼 시인은 부끄럽지 않은 삶을 살기 위해 매 순간 최선을 다했다. 누구보다도 더 시대를 아파했고, 나약한 자신을 한없이 돌아보고 꾸짖었으며, 가엾은 민족에게 희망을 주고자 했다. 그래서 한 구절 한 구절이 가슴에 더욱 와닿는 것인지도 모른다.

어쩌면 시인은 슬픈 운명을 숙명으로 받아들였는지도 모른다. 〈쉽게 씌어진 시〉에 나오는 '시대처럼 올 아침을 기다리는 최후의 나'라는 표현이 그 방증이다. 이에 "죽는 날까지 하늘을 우러러 한 점 부끄럼이 없기를 잎새에 이는 바람에도 나는 괴로워했다"라는 말을 남긴 채 일본으로 떠나 다시는 돌아오지 못했다.

간

__ 1941년 11월 29일

바닷가 햇빛 바른 바위 위에
습한 간을 펴서 말리우자.

코카사쓰 산중에서 도망해온 토끼처럼
둘러리를 빙빙 돌며 간을 지키자.

내가 오래 기르던 여윈 독수리야!
와서 뜯어먹어라, 시름없이

너는 살지고
나는 여위어야지, 그러나,

거북이야!

다시는 용궁의 유혹에 안 떨어진다.

프로메테우스 불쌍한 프로메테우스

불 도적한 죄로 목에 맷돌을 달고

끝없이 침전하는 프로메테우스.

★ 유고 시집《하늘과 바람과 별과 시》에 수록된 작품.

프로메테우스 신화와 토끼 간 설화를 인용해 '간'을 매개체로 결합하고 있다.

이 작품에서 프로메테우스는 인간을 위해 죄를 짓고 평생 간을 파 먹히는 존재로 암울한 시대 상황에서도 자신의 신념을 굽히지 않는 시인을 대변하는 인물이다. 토끼 역시 마찬가지다. 간을 빼앗길 위기에 처했다는 점에서 양심을 지키기 위해 노력하는 시인과 닮았다. 반면, 독수리는 간을 뜯어먹으며, 육체적 자아를 살찌게 하는 정신적 자아라고 할 수 있다. 그런 점에서 볼때 〈간〉은 현실에 안주하는 것을 포기하고 올곧은 길을 가겠다는 시인의 강인한 의지가 엿보이는 작품이라고 할 수 있다.

참회록

__ 1942년 1월 24일

파란 녹이 낀 구리 거울 속에
내 얼굴이 남아있는 것은
어느 왕조의 유물이기에
이다지도 욕될까.

나는 나의 참회의 글을 한 줄에 줄이자.
— 만 이십사 년 일 개월을
무슨 기쁨을 바라 살아왔던가.

내일이나 모레나 그 어느 즐거운 날에
나는 또 한 줄의 참회록을 써야한다.
— 그때 그 젊은 나이에

왜 그런 부끄런 고백을 했던가.

밤이면 밤마다 나의 거울을
손바닥으로 발바닥으로 닦아보자.

그러면 어느 운석 밑으로 홀로 걸어가는
슬픈 사람의 뒷모양이
거울 속에 나타나온다.

★ 유고 시집《하늘과 바람과 별과 시》에 수록된 작품.

국내에서 쓴 마지막 작품으로, 흔히 시인을 일컬을 때 말하는 '부끄러움의 미학'을 가장 대표하는 작품이다. 육필 원고에 '시(詩)란? 부지도(不知道)', '생존(生存)', '생활(生活)', '힘' 등의 낙서가 어지럽게 쓰여 있어 이 한 편을 쓰기 위해 얼마나 많은 단상을 떠올리며 고민했는지 알 수 있다.

1942년 3월, 시인은 일본 유학을 떠났다. 하지만 그에 앞서 이름을 일본식으로 고쳐야만 했다. 이른바 '창씨개명'으로, 당시 일본 유학을 하려면 반드시 그 과정을 거쳐야 했다. 그 결과,

시인은 '히라누마 도쥬(平沼 東柱)'가 되었다.

창씨개명을 닷새 앞두고 쓴 〈참회록〉은 그때의 참담함과 괴로움을 담은 작품이다. 끊임없이 자신을 반성하고 성찰하는 한 인간의 내면을 정직하게 보여주는 이 시는 그가 그것을 얼마나 부끄러워하고, 그렇게 할 수밖에 없는 현실을 얼마나 괴로워했는지 보여준다. 그리고 그 감정은 일본 유학 시절 내내 이어졌다.

시인의 도시샤대 동기에 의하면, 시인은 수줍음이 많아서 수업 시간이면 항상 강의실 맨 뒷자리에 앉아 조용히 수업을 들었다고 한다. 그런데도 끝까지 굴하지 않고 펜을 통해 일제에 저항하는 강인한 의지를 보여줬다. 더는 자신에게 부끄럽지 않은 사람이 되기 위해서였을 것이다.

시인은 죽는 날까지 오직 우리 말로만 시를 썼다. 이는 나라를 잃었을지 모르지만, 정신과 문화만큼은 절대 잃지 않겠다는 시인의 마지막 저항이자 다짐이기도 했다.

혼란의 시대, 시인이 보여준 그런 올곧은 삶은 시간이 흐른 지금까지 민족의 등불이 되어 우리가 혼란을 겪을 때마다 나아갈 방향을 제시해주는 이정표가 되어주고 있다. 시인의 시가 수십 년이라는 세월을 뛰어넘어 우리를 감동하게 하고 눈물짓게 하는 것은 아마 그 때문일 것이다.

흰 그림자

— 1942년 4월 14일

황혼이 짙어지는 길모금에서
하루 종일 시들은 귀를 가만히 기울이면
땅거미 옮겨지는 발자취소리

발자취소리를 들을 수 있도록
나는 총명했던가요.

이제 어리석게도 모든 것을 깨달은 다음
오래 마음 깊은 속에
괴로워하던 수많은 나를
하나, 둘 제 고장으로 돌려보내면
거리모퉁이 어둠 속으로

소리없이 사라지는 흰 그림자

흰 그림자들
연연히 사랑하던 흰 그림자들

내 모든 것을 돌려보낸 뒤
허전히 뒷골목을 돌아
황혼처럼 물드는 내 방으로 돌아오면

신념이 깊은 의젓한 양처럼
하루 종일 시름없이 풀포기나 뜯자.

★ 유고 시집《하늘과 바람과 별과 시》에 수록된 작품.

시인은 17세 때부터 창작을 시작해 시 120편과 산문 4편을 남겼다. 일본 유학 시절에도 많은 작품을 썼을 것으로 추측되지만, 체포 당시 대부분 작품이 압수되어 처분된 것으로 알려져 있다.

일본 유학 시절에 쓴 작품으로 현재 전하는 것은 〈흰 그림자〉와 〈사랑스런 추억〉, 〈흐르는 거리〉, 〈쉽게 씌여진 시〉, 〈봄〉 등

5편뿐이다. 5편 모두 릿쿄대학 재학 시절 쓴 것으로, 압수되지 않은 이유는 이 작품들만 연희전문학교 시절 벗이었던 강처중에게 쓴 편지에 함께 보냈기 때문이다.

〈흰 그림자〉에서 '흰'은 우리 민족을 뜻한다. 유학 시절에도 나라 잃은 설움을 눈물로 삼켜야 했던 민족이 그림자가 되어 눈앞에 아른거린 것이다. 이에 시인의 유고인 육필 원고 19편을 보관했던 후배 정병욱은 시인을 존경하는 뜻을 담아 호를 '백영(白影, 흰 그림자)'이라고 지었다.

1941년 12월 연희전문학교 졸업 기념으로 19편의 시를 묶은 시집을 출간하려던 계획이 실패하자, 시인은 직접 육필 자선시집 《하늘과 바람과 별과 시》 3부를 만들어 스승 이양하 교수와 후배 정병욱에게 1부씩 준 후, 나머지 1부는 자신이 간직했다.

정병욱은 그 시집을 자신의 어머니에게 맡기며 "한글로 쓰인 것이니, 절대 일본 경찰들에 들키지 말고 잘 보관해달라"고 부탁했고, 그의 어머니는 그것을 마루 밑에 파묻은 항아리 속에 넣어 보관했다고 한다. 그리고 훗날 자신의 여동생과 시인의 동생 윤일주가 결혼하자 그들에게 시인의 원고를 건넸다. 〈서시〉를 비롯한 19편의 시가 담긴 유고 시집 《하늘과 바람과 별과 시》는 그렇게 해서 출간될 수 있었다.

〈흰 그림자〉는 시인이 현실의 고통을 종교적 신념으로 극복하고자 하는 기독교적 신앙을 통해 '미성숙(무지)'에서 '성숙'으로, 나아가 '종교적 실천(순교)'으로까지 나아가고자 하는 의지가 담긴 작품이다. '내 모든 것을 돌려보낸 뒤/ 허전히 뒷골목을 돌아'와 '하루 종일 시름없이 풀포기나 뜯자'라는 시구에 그런 각오가 잘 드러나 있다.

흐르는 거리

— 1942년 5월 12일

으스럼히 안개가 흐른다. 거리가 흘러간다. 저 전차, 자동차, 모든 바퀴가 어디로 흘리워가는 것일까? 정박할 아무 항구도 없이, 가련한 많은 사람들을 싣고서, 안개 속에 잠긴 거리는,

거리모퉁이 붉은 포스트상자를 붙잡고, 섰을라면 모든 것이 흐르는 속에 어렴풋이 빛나는 가로등, 꺼지지 않는 것은 무슨 상징일까? 사랑하는 동무 박이여! 그리고 김이여! 자네들은 지금 어디 있는가? 끝없이 안개가 흐르는데,

「새로운 날 아침 우리 다시 정답게 손목을 잡아 보세」 몇 자 적어 포스트 속에 떨어트리고, 밤을 새워 기다리면 금휘장에 금단추를 삐었고 거인처럼 찬란히 나타나는 배달부,

아침과 함께 즐거운 내림.

이 밤을 하염없이 안개가 흐른다.

★ 유고 시집《하늘과 바람과 별과 시》에 수록된 작품으로, 어두운 세상에 가로등과 같은 선구자 역할을 했던 친구에 관한 그리움을 담고 있다.

1942년 1월, 시인은 고종사촌이자 단짝인 송몽규와 함께 교토제국대학(현 교토대학) 입학시험을 보지만, 송몽규만 합격하고, 시인은 떨어지고 만다. 결국, 차선으로 릿쿄대학 영문과에 입학하지만, 한 학기만 마친 후 그만두고 만다. 낯선 타향, 그것도 조국을 침탈한 일본에서 어린 시절부터 함께했던 송몽규와 떨어져 지낸다는 게 매우 힘들었으리라. 그 후 시인은 교토의 사립 미션스쿨인 도시샤대학에 입학해 송몽규와 다시 만난다. 이렇듯 시인과 송몽규는 떼려야 뗄 수 없는 관계였다.

〈흐르는 거리〉에서 시인은 도시의 거리를 흘러가는 차에 실린 사람들을 보면서 "모든 바퀴가 어디로 흘러가는 것일까? 정박할 아무 항구도 없이, 가련한 많은 사람을 싣고서, 안개 속에 잠긴 거리는"이라고 묻는다.

　주목할 점은 시인에게 있어 일본인 또한 제국주의에 희생된 우리 민족과 크게 다르지 않은 가련한 존재였다는 점이다. 실제로 당시 일본은 태평양전쟁에 뛰어든 상태로 수많은 젊은이가 본인의 뜻과는 다르게 전장으로 떠나야만 했다. 이에 시인은 전쟁과는 무관한 삶을 사는 평범한 일본인들을 꺼리지 않았을 뿐만 아니라 따뜻한 마음을 베풀었다. 그만큼 시인은 따뜻한 마음을 지니고 있었다. 시인과 함께 소학교와 중학교를 다녔던 고 문익환 목사의 말 역시 이를 뒷받침한다.

　"동주는 죽음을 맞았던 자리에서조차 일본인을 증오하지 않았을 것이다."

사랑스런 추억

_ 1942년 5월 13일

봄이 오던 아침, 서울 어느 쪼그만 정거장에서

희망과 사랑처럼 기차를 기다려

나는 플랫폼에 간신한 그림자를 떨어트리고

담배를 피웠다.

내 그림자는 담배연기 그림자를 날리고

비둘기 한 떼가 부끄러울 것도 없이

나래 속을 속, 속, 햇빛에 비춰, 날았다.

기차는 아무 새로운 소식도 없이

나를 멀리 실어다 주어

봄은 다 가고— 동경 교외 어느 조용한 하숙방에서,

옛 거리에 남은 나를 희망과 사랑처럼 그리워한다.

오늘도 기차는 몇 번이나 무의미하게 지나가고

오늘도 나는 누구를 기다려 정거장 가차운
언덕에서 서성거릴 게다.
— 아아 젊음은 오래 거기 남아 있거라.

★ 시인은 생애 마지막 3년을 일본에서 보냈다. 그 시절 작품으로 현재 남아 전하는 것은 5편뿐이다. 〈흰 그림자〉, 〈흐르는 거리〉, 〈사랑스런 추억〉, 〈쉽게 씌어진 〉, 〈봄〉 등이 바로 그것이다. 이 작품들은 모두 시인이 도쿄 릿쿄대학 영문과 시절 '대학 노트'에 남긴 것으로, 사실상 시인의 마지막 작품이라고 할 수 있다.

〈사랑스런 추억〉은 낯선 타향에서 시인이 느낀 외로움이 고스란히 묻어나는 작품이다. 오죽했으면 과거로 돌아가고 싶다고까지 했을까. 그 정도로 시인은 큰 향수병을 앓은 것이리라. 그런데도 제목은 '사랑스런 추억'이다. 하지만 오히려 이것이 시를 읽는 사람들을 더 먹먹하게 한다. 도쿄 변두리 작은방에 앉아 고향을 하염없이 그리워했을 시인 생각에 눈시울이 붉어지기 때문이다.

쉽게 씌여진 시

__ 1942년 6월 3일

창밖에 밤비가 속살거려
육첩방은 남의 나라.

시인이란 슬픈 천명인 줄 알면서도
한 줄 시를 적어볼까.

땀내와 사랑내 포근히 품긴
보내주신 학비 봉투를 받아

대학 노—트를 끼고
늙은 교수의 강의 들으러 간다.

생각해보면 어린 때 동무를
하나, 둘, 죄다 잃어버리고

나는 무얼 바라
나는 다만, 홀로 침전하는 것일까?

인생은 살기 어렵다는데
시가 이렇게 쉽게 씌어지는 것은
부끄러운 일이다.

육첩방은 남의 나라
창밖에 밤비가 속살거리는데

등불을 밝혀 어둠을 조금 내몰고
시대처럼 올 아침을 기다리는 최후의 나.

나는 나에게 적은 손을 내밀어
눈물과 위안으로 잡는 최초의 악수.

★ 유고 시집 《하늘과 바람과 별과 시》에 수록된 작품.

시인을 세상에 알리는 데 결정적인 이바지를 한 사람이 벗 강처중과 후배 정병욱이라면, 시인의 시를 세상에 알린 사람은 시인 정지용이었다.

1947년 초, 《경향신문》 주간으로 있던 정지용을 같은 신문 기자가 찾아왔다. 시인의 벗, 강처중이었다. 그는 죽은 벗의 육필 원고를 건네며, 그의 시를 세상에 알리고 싶다고 했다. 이에 정지용은 꼼꼼한 검토 후에 그중 하나를 1947년 2월 13일 자 신문에 싣는다. 유작 〈쉽게 씌여진 시〉였다. 하지만 정지용은 그것만으로는 모자랐는지 직접 소개 글까지 덧붙인다.

"시인 윤동주의 유골은 용정 묘지에 묻히고, 그의 비통한 시 10여 편은 내게 있다. 지면이 있는 대로 연달아 발표하기에 윤 군보다도 내가 자랑스럽다."

그는 왜 무명 시인의 시를 자랑스럽다고 했을까. 그가 쓴 유고 시집 《하늘과 바람과 별과 시》 서문을 보면 그 이유를 짐작할 수 있다.

"무시무시한 고독에서 죽었구나! 29세가 되도록 시도 발표하여 본적이 없이! 일제에 날뛰던 부일문사(附日文士) 놈들의 글이 다시 보아 침을 배알을 것뿐이나, 무명 윤동주가 부끄럽지 않고 아름답기 한이 없는 시를 남기지 않았나? 시와 시인은 원래 이러한 것이다."

그 영향이었을까. 그 후 발표한 〈조선시의 반성〉이라는 글에서 정지용은 무력했던 자신의 행적을 고백한 후 절필 선언까지 한다.

"친일도 배일도 못 한 나는 산수에 숨지 못하고 들에서 호미도 잡지 못하였다."

과연, 시인의 무엇이 그에게 절필까지 하게 한 것일까. 암울하고 혹독한 상황에서도 우리말로 시를 쓰고, 일본에 저항했던 시인에 대한 부채 의식 때문은 아니었을까. 나아가 그것이 못내 자신을 부끄럽게 하고, 시인을 세상에 알려야 한다는 사명을 갖게 한 것은 아닐까.

〈쉽게 쓰여진 시〉는 어둡고 암울한 시대 현실에 무기력한 자신에 대한 부끄러움과 자기반성을 통해 미래에 대한 희망으로 현실을 극복하려는 의지를 담은 작품으로, 시인이 스물여섯이던 1942년 일본에서 쓴 것이다. 일제 치하에서 핍박받는 고국을 떠나 홀로 육첩방에서 어버이의 땀내와 눈물이 담긴 학비 봉투를 만지작거리며 시인은 과연 무엇을 느꼈을까.

봄

— 1942년 추정

봄이 혈관 속에 시내처럼 흘러
돌, 돌, 시내 가차운 언덕에
개나리, 진달래, 노—란 배추꽃

삼동을 참아온 나는
풀포기처럼 피어난다.

즐거운 종달새야
어느 이랑에서나 즐거웁게 솟쳐라.

푸르른 하늘은
아른, 아른, 높기도 한데…

★ 유고 시집《하늘과 바람과 별과 시》에 수록된 시로 시인의 마지막 작품으로 추정된다. 6년 전인 1936년 10월에 쓴 같은 제목의 〈봄〉이라는 동시가 있는데, 이는 따뜻한 봄의 기운을 밝은 동심으로 노래한 것으로 이 작품과는 전체적인 분위기가 매우 다르다.

여타 작품에서 봄은 '따뜻함', '평화로움', '희망' 등 여러 가지 상징적 의미를 지니고 있다. 그렇다면 시인에게 봄은 과연 어떤 의미였을까. 시인에게 있어서도 봄은 '새로운 세상', 즉 '조국의 광복'을 의미했다. 하지만 끝내 조국의 새로운 봄을 보지 못한 채 압제자의 땅에서 숨을 거두고 말았다.

1943년 7월 14일, 귀향하려던 시인은 일본 경찰에 갑자기 체포된다. 체포 이유는 '치안유지법 위반'이었지만, 실상은 우리말로 시를 써서 조선 문화를 유지하고 발전하게 했다는 죄목이었다. 그렇게 해서 징역 2년 형을 선고받고 후쿠오카 형무소에 수감된 시인은 작은 창으로 보이는 밤하늘의 별을 보며 고향에 돌아갈 날만을 손꼽아 기다렸다. 하지만 그 바람은 끝내 이루어지지 않았다. 1945년 2월 16일 새벽 3시 26분, 돌연 별세했기 때문이다. 이에 대해 일본인 간수는 "동주 선생은 무슨 뜻인지 모르지만, 큰소리를 외치고 나서 운명했다"라고 전한 바 있다.

그로부터 열흘 후, 그의 고향 집에 한 통의 전보가 전해졌다. 하늘이 무너지는 듯한 소식에 가족은 경악했다.

'16일 동주 사망, 시체 가지러 오라.'

아버지 윤영석과 당숙 윤영춘이 시인의 시신을 수습하기 위해 일본으로 건너갔고, 3월 6일, 문익환 목사의 아버지 문재린 목사의 집도로 장례식이 치러졌다. 이날 시인의 가족과 벗들은 《문우》에 발표했던 〈자화상〉과 〈새로운 길〉을 낭송하며 시인의 마지막 길을 함께했다. 그리고 그로부터 하루 뒤인 3월 7일, 송몽규가 옥중에서 사망했다. 그렇게 두 사람은 이승과 저승의 동반자가 되었다.

묘비석은 6월 14일에 세워졌는데, 비문은 명동학교 시절 스승이었던 김석관이 썼다. 김석관은 비문에 다음과 같이 쓰며, 어린 나이에 생을 마감한 제자의 죽음을 애도했다.

"… 배움의 바다에 파도가 일어나 몸이 자유를 잃으면서 배움에 힘쓰던 생활은 변하고 조롱에 갇힌 새의 처지가 됐고, 거기에 병까지 더하여 1945년 2월 16일에 운명하니, 그때 나이 스물아홉. 그 재능이 가히 당세에 쓰일 만하여 시로써 장차 사회에 울려 퍼질 만했는데, 열매를 맺지 못하니 아아 아깝도다. 그는 하현 장로의 손자이며, 영석 선생의 아들로서 명민하여 배우길 즐긴 데다 새로운 시를 지어 작품이 많았으니, 그 필명을 '동주'라 했다."

윤동주의 문장

동시

조개껍질

— 바닷물소리 듣고 싶어 —

아롱아롱 조개껍질
울언니 바닷가에서
주어온 조개껍질

여긴여긴 북쪽나라요
조개는 귀여운선물
장난감 조개껍질

데굴데굴 굴리며놀다
짝잃은 조개껍질

한짝을 그리워하네

아릉아릉 조개껍질
나처럼 그리워하네
물소리 바닷물소리

★ 시인이 만 18세 무렵 쓴 최초의 동시로 알려진 작품으로, 평양 숭실중학교 편입 후인 1935년 12월에 썼다. 육필 원고에 제목이 '(동요) 조개껍질'이라고 되어 있는 것으로 보아 아이들을 위한 동요로 만들어졌음을 알 수 있다.

사실 시인의 동시는 그가 쓴 주옥같은 시에 비해 많이 알려지지 않지만, 꾸밈없는 동심을 깨끗한 서정으로 그린 뛰어난 작품이 많아 아동 문학계에서도 높이 평가하고 있다. 가족의 가난하고 고된 삶까지도 밝게 끌어안는 낙천적인 동심과 아기자기한 운율이 입안에서 계속 맴돌게 하기 때문이다.

한편, 시인은 동시를 발표할 때는 '윤동주(尹東舟)'나 '윤동주(尹童舟)'라는 필명을 썼다. 이는 동시라는 문학의 특성에 맞춰 이름의 동자를 '아이'를 뜻하는 '童'자로 바꾼 것으로 보인다.

눈 1

— 1936년 1월 2일

지난밤에

눈이 소—복이 왔네

지붕이랑

길이랑 밭이랑

추워한다고

덮어주는 이불인가 봐

그러기에

추운 겨울에만 나리지

★ 유고 시집 《하늘과 바람과 별과 시》에 수록된 작품.

시인이 숭실중학교에 다니던 스무 살 겨울에 쓴 작품으로, 본래 제목이 〈이불〉이었던 것을 〈눈〉으로 바꾸었다. 밤새 소복이 내린 눈을 바라보며, 왜 눈이 겨울에만 내리는지 생각하는 모습이 시인의 순수한 마음을 그대로 보여준다.

지금도 그렇지만, 당시 만주(간도)는 어디보다 추위가 매서운 곳이었다. 그러니 겨울밤이면 모든 것이 꽁꽁 얼어붙을 만큼 추웠을 것이다. 그걸 바라보는 시인의 마음 역시 몹시 추웠을 테지만, 눈을 바라보는 시인은 기쁘기 그지없다. 얼어붙은 지붕과 길, 밭을 덮어주는 이불 같은 눈이 반갑기 때문이다. 이는 시인이 누구보다도 따뜻한 마음의 소유자였음을 보여준다. 밤새 내린 눈을 보며 살포시 미소 지었을 시인의 모습이 눈앞에 자꾸만 아른거린다.

참새

— 1936년 1월 2일

가을 지난 마당을

백로지인 양

참새들이

글씨공부 하지요

쨱, 쨱,

입으론

부르면서

두 발로는

글씨공부 하지요

하루 종일

글씨공부하여도

쩍자 한 자밖에 더 못쓰는 걸

★ 유고 시집《하늘과 바람과 별과 시》에 수록된 작품.

참새들이 '쩍, 쩍' 소리를 내며 종종걸음으로 돌아다니는 모습은 생각만 해도 귀엽고, 평화로움이 느껴진다. 또한, 마당에 남는 발자국을 참새들이 쓴 글씨라고 표현한 구절에서는 순수하고 천진난만한 시인의 감성을 느낄 수 있다.

주목할 점은 '하루종일 글씨공부하여도, 쩍자 한 자밖에 더 못쓰는 걸'이라는 구절이다. 이는 참새를 통해 일제 강점기를 사는 시인의 비애이자 무력감, 나아가 자괴감을 표현한 것이 아닌가 싶다.

고향집

— 1936년 1월 6일

— 만주에서 부른 —

헌짚신짝 끄을고
나 여기 왜 왔노
두만강을 건너서
쓸쓸한 이땅에

남쪽하늘 저밑엔
따뜻한 내 고향
내어머니 계신 곳
그리운 고향집.

★ 당시 만주로 이주한 사람 대부분은 곧 고향으로 돌아갈 수 있을 것이라고 생각했다. 그 때문에 아이들에게도 만주가 아닌 한반도를 고향이라고 가르쳤고, 고향의 산과 하늘, 땅을 항상 그리워했다. 하지만 그런 바람과는 달리 대부분 다시는 고향 땅을 밟지 못한 채 낯선 땅에서 삶을 마감해야만 했다.

시인의 가족 역시 마찬가지였다. 증조할아버지 윤재옥이 1886년 고향 함경북도 종성을 떠나 북간도로 이주한 후 시인의 가족은 항상 고향을 그리워하며 돌아갈 날만을 기다렸다.

〈고향집〉은 그런 시인의 마음을 표현한 작품으로 고향에 대한 그리움과 일제 식민지하 현실에 대한 부조리한 인식이 잘 드러나 있다.

병아리

— 1936년 1월 6일

「뾰, 뾰, 뾰
 엄마 젖 좀 주」
 이것은 병아리 소리.

「꺽, 꺽, 꺽
 오냐, 좀 기다려」
 이것은 엄마닭 소리.

좀 있다가
병아리들은
젖 먹으려는지
엄마 품으로 다 들어갔지요.

★ 광명학교 4학년이던 1936년 《카톨릭 소년》 11월 호에 '윤동주(尹童舟)'라는 이름으로 발표한 작품.

시인은 요절하기 전, 특히 1930년대 후반까지 30여 편 가까운 동시를 썼는데 하나같이 수준이 높다. 동시 작가라고 해도 전혀 손색이 없을 정도다. 무엇보다도 시인의 동시에는 때 묻지 않은 맑고 깨끗한 마음과 따뜻함이 담겨 있어 읽는 사람의 고개를 끄덕이게 하고 웃음 짓게 한다. 그만큼 시인의 마음이 따뜻하고 순수하다는 방증이다.

이 작품 〈병아리〉 역시 마찬가지다. 엄마 젖을 찾는 병아리의 모습을 순수하고 맑게 묘사해 독자를 빙긋 웃음 짓게 한다. 이것이 시인이 가진 힘이 아닌가 싶다.

오줌싸개 지도

— 1936년 초 추정

빨랫줄에 걸어논
요에다 그린 지도는
지난밤에 내 동생
오줌 쏴서 그린 지도

꿈에 가 본 엄마 계신
별나라 지돈가
돈 벌러 간 아빠 계신
만주 땅 지돈가

★ 광명학교 5학년이던 1937년 《카톨릭 소년》 1월 호에 발표

한 작품.

시와 마찬가지로 시인의 동시에는 시대의 아픔과 상처가 그대로 묻어나 있다. 물론 평범한 소재를 아이다운 엉뚱한 생각과 동심으로 담은 작품이 없는 것은 아니지만, 그리 많지는 않다. 이것만 봐도 시인이 얼마나 시대의 아픔을 보듬고 드러내고자 했는지 알 수 있다.

〈오줌싸개 지도〉역시 마찬가지다. 당시 많은 어린이가 겪어야 했던 아픔과 상처가 고스란히 드러나 있다. '꿈에 가 본 엄마'와 '돈 벌러 간 아빠'가 그 대표적인 예다. 누구도 돌보는 사람 없는 형제의 비극을 티 없는 아이의 순진한 눈을 통해 그리고 있지만, 이것이 오히려 독자의 마음을 더 먹먹하게 하고 깊은 여운을 남긴다.

기왓장 내외

— 1936년 초 추정

비오는날 저녁에 기왓장내외

잃어버린 외아들 생각나선지

꼬부라진 잔등을 어루만지며

쭈룩쭈룩 구슬피 울음웁니다

대궐지붕 위에서 기왓장내외

아름답던 옛날이 그리워선지

주름잡힌 얼굴을 어루만지며

물끄러미 하늘만 쳐다봅니다.

★ 광명학교 4학년이던 1936년에 쓴 작품으로, 80여 년 전에

쓴 것이라고는 믿기지 않을 만큼 감각적이고 현대적인 표현이 눈에 띈다. 특히 암키와(평기와)와 수키와(둥근기와)가 서로 포개어진 것을 의인화해, 두 기와가 서로를 어루만지고 있다고 표현한 부분은 매우 참신하면서 흥미롭다. 그냥 스쳐 지나갈 수도 있는 흔한 사물에 대한 관점을 수준 높은 작품으로 끌어낸 시인의 상상력이 그저 놀라울 뿐이다.

창구멍

— 1936년 초 추정

바람 부는 새벽에 장터 가시는
우리 아빠 뒷자취 보고 싶어서
춤을 발라 뚫어논 작은 창구멍
아롱 아롱 아침해 비치웁니다.

눈 나리는 저녁에 나무 팔러간
우리 아빠 오시나 기다리다가
혀 끝으로 뚫어논 작은 창구멍
살랑 살랑 찬바람 날아듭니다.

★ 유고 시집 《하늘과 바람과 별과 시》에 수록된 작품.

첫 번째 습작 시집 《나의 습작기의 시 아닌 시》에 8번째로 수록된 작품으로, 〈햇빛 · 바람〉의 초고이기도 하다.

시인은 숭실중학교에 다니던 7개월 동안 시 10편, 동시 5편을 썼는데, 대부분 희망과 그리움을 담고 있다. 이는 고향을 떠난 자신과 나라를 잃은 민족의 슬픔을 동일시했기 때문이라고 할 수 있다.

숭실중학교를 자퇴할 무렵인 1936년 초에 쓴 것으로 추정되는 이 작품에는 가족에 대한 진한 사랑이 구구절절 묻어나 있다. 생각건대, 당시 시인의 마음이 이와 같지 않았을까 싶다.

가족을 위해 아침부터 밤늦게까지 고단하게 일하는 아빠를 기다리는 아이의 마음이 대견하면서도 안타깝게 느껴지는 작품이다.

닭

— 1936년 봄

— 닭은 나래가 커두

왜, 날잖나요

— 아마 두엄 파기에

홀, 잊었나봐.

★ 먹이를 찾기 위해 두엄을 파느라 나는 법을 잊어버린 닭
에 빗대어 당시 시대 상황을 비유하여 표현한 작품. 나래(날개)
는 '자유'를, 두엄은 '먹이'를 상징한다. 먹을 것을 위해 자유를
잃고도 시대의 아픔을 나 몰라라 하며 살아가는 사람들에게 경
종을 울리는 작품으로 4연의 매운 짧은 시지만, 깊은 의미를 담
고 있다.

빗자루

___ 1936년 9월 9일

요―리조리 베면 저고리 되고
이―렇게 베면 큰총 되지.
누나하구 나하구
가위로 종이 쏠았더니
어머니가 빗자루 들고
누나 하나 나 하나
볼기짝을 때렸소
방바닥이 어지럽다고―

아니 아―니
고놈의 빗자루가
방바닥 쓸기 싫으니

그랬지 그랬어

괘씸하여 벽장 속에 감췄더니

이튿날 아침 빗자루가 없다고

어머니가 야단이지요.

★ 광명학교 4학년이던 1936년《카톨릭 소년》12월 호에 '윤
동주(尹童舟)'라는 이름으로 발표한 작품.

누나와 종이 오리기를 하던 어린 시절의 추억을 매우 재미있
게 묘사하고 있다. 시인의 대부분 작품에서 드러나는 시대 상황
과 나약한 자신에 대한 자괴감 등이 드러나지 않는 몇 안 되는
작품 중 하나로 순수한 동심을 느낄 수 있다.

해ㅅ비

__ 1936년 9월 9일

아씨처럼 나린다
보슬보슬 해ㅅ비
맞아주자, 다같이
옥수대처럼 크게
닷자엿자 자라게
해ㅅ님이 웃는다
나보고 웃는다

하늘다리 놓였다.
알롱달롱 무지개
노래하자, 즐겁게
동무들아 이리 오나

다같이 춤을 추자

해ㅅ님이 웃는다

즐거워 웃는다

★ 시를 읽는 것만으로도 마음이 깨끗해지고, 경쾌해지며, 깔깔거리며 환하게 웃는 아이들의 모습이 머릿속에 그려지는 작품이다.

해ㅅ비는 햇비 즉, 맑은 날에 잠깐 내리는 '여우비'를, 하늘다리는 '무지개'를 말한다.

비 오는 날 피아노 소리에 맞춰 아이들과 함께 부르면 좋을 듯하다.

무얼 먹구 사나

__ 1936년 10월

바닷가 사람

물고기 잡아먹구 살구

산꼴엣 사람

감자 구어먹구 살구

별나라 사람

무얼 먹구 사나.

★ 1937년《카톨릭 소년》3월 호에 발표한 작품.

자신과 다른 세계에 사는 사람을 걱정하는 순수하고 따뜻한 동심이 느껴진다. 물론 다른 견해도 있다. 이상과 현실 사이에서 괴리감을 느끼는 지식인의 심정을 표현한 작품이라는 것이 바로 그것이다. 그런 점에서 보면 별나라 사람이라는 문장에서 '별나라'는 현실과 괴리되어 있는 시인의 동떨어진 모습을 은유적으로 나타내고 있다고 할 수 있다. 바닷가 사람이나 산골 사람은 무얼 먹고 사는지 나타나 있지만, 별나라 사람은 의문형을 통해 현재 자신의 심정을 역설적으로 반문하고 있다는 것이 그 방증이다. 별을 노래하는 시인답게 동시에서도 자신을 별에 곧잘 비유했음을 알 수 있다.

비행기

__ 1936년 10월

머리의 프로펠러가
연자간 풍차보다
더― 빨리 돈다.

땅에서 오를 때보다
하늘에 높이 떠서는
빠르지 못하다
숨결이 찬 모양이야.

비행기는―
새처럼 나래를
펄럭거리지 못한다.

그리고, 늘—

소리를 지른다

숨이 찬가 봐.

★ 첫 번째 습작 시집《나의 습작기의 시 아닌 시》에 수록된
작품으로, 아이의 시선으로 본 프로펠러 달린 비행기의 모습을
의인화해서 표현하고 있다.

새와 비행기를 비교하며, 새처럼 날개를 펄럭이지 못하고 엔
진 소리를 내는 것을 숨이 차서 소리를 지른다고 생각하는 아
이다운 상상력이 매우 기발하고 놀랍다.

봄

__ 1936년 10월

우리 애기는
아래 발추에서 코올코올

고양이는
부뚜막에서 가릉가릉

애기 바람이
나뭇가지에 소올소올

아저씨 햇님이
하늘 한가운데서 째앵째앵

★ '발추'는 표준국어대사전에 올라 있지 않은 단어로 '발치'가 맞는 표현이다. 발치란 발의 끝부분을 말한다.

동시를 잘 쓰려면 사물을 잘 살펴서 그 특징을 잘 찾아내고, 설명이 아닌 압축과 비유를 통해 시상을 전개해야 한다. 하지만 그보다 더 중요한 것이 있다. 아이와 같은 순수한 마음을 지니고 있어야 한다는 것이다. 그래야만 독자인 아이들을 웃음 짓게 하고 감동하게 하는 좋은 작품이 나올 수 있기 때문이다. 그런 점에서 시인은 타고난 동시 작가였다고 할 수 있다. 아이와 같은 순수하고 여린 마음과 사물의 특징을 제대로 살펴서 그 맛을 살리는 탁월한 글솜씨를 지니고 있었기 때문이다.

연희전문학교 후배인 정병욱의 말 역시 이를 증명한다.

"항상 남보다 먼저 느끼고, 깊이 생각하고, 무엇이든 예사로 넘기지 않았으며, 지나가는 사람의 대화에 귀를 기울이거나 유심히 쳐다보곤 했다. 또한, 길가에 난 이상한 풀에 꽃이 피어있으면 꺾어서 단춧구멍에 꽂고 다녔다."

발아래 쪽에서 코올 코올 잠든 아이의 모습을 표현한 이 작품은 읽는 것만으로도 독자의 마음을 포근하게 감싸준다. 그런 점에서 '동시란 이렇게 써야 한다'라는 것을 가르쳐주는 교과서와도 같은 작품이라고 할 수 있다.

굴뚝

__ 1936년 10월

산골짜기 오막살이 낮은 굴뚝엔
몽기몽기 웨인내굴 대낮에 솟나.

감자를 굽는 게지. 총각 애들이
깜박깜박 검은 눈이 모여 앉아서
입술이 꺼멓게 숯을 바르고
옛이야기 한 커리에 감자 하나씩

산골짜기 오막살이 낮은 굴뚝엔
살랑살랑 솟아나네 감자굽는 내.

★ 향토적인 소재를 사용해 소박하고 정겨운 느낌을 주는 작품으로, 의태어를 효과적으로 사용해 음악적인 재미와 생동감을 준다. 동시에 시간의 흐름과 공간의 이동을 따라가며 시의 내용을 전개하는 모습이 매우 인상적이다.

'웨인내굴'에서 '내굴'은 '내'의 함경도 방언으로 물건이 탈 때 일어나는 부옇고 매운 기운을 말한다. 또한, '한커리'의 '커리'는 신발 등을 세는 단위인 '컬레'의 함경도 방언으로 '하나'라는 뜻이다. 실례로, 함경도 방언을 사용하는 연변 같은 곳에서는 "이야기나 한 컬레 해봐라"라는 식으로 아직도 사용한다고 한다.

단출하고 가난한 살림에도 사람 사는 냄새가 느껴지는 작품이다. 생각건대, 이것이 바로 시인이 원했던 삶은 아니었을까.

버선본

__ 1936년 12월 초

어머니!
누나 쓰다버린 습자지는
두었다간 뭣에 쓰나요?

그런 줄 몰랐더니
습자지에다 내 버선 놓고
가위로 오려
버선본 만드는 걸.

어머니!
내가 쓰다버린 몽당연필은
두었다간 뭣에 쓰나요

그런 줄 몰랐더니
천 위에다 버선본 놓고
침 발라 점을 찍곤
내 버선 만드는 걸.

★ 유고 시집 《하늘과 바람과 별과 시》에 수록된 작품.

'버선본'이란 버선을 지을 때 감을 뜨기 위해 만든 종이 본을
말한다. 보통 한지를 사용하지만, 한지가 없을 때는 습자지(글
씨 쓰기를 연습할 때 쓰는 얇은 종이)를 대신 사용하기도 했다.

이 작품은 버선을 만들기 위해 버선본을 만드는 어머니의 모
습을 묘사한 것으로 어머니에 관한 그리움이 가득 묻어나 있다.

시인에게 어머니는 시이자 고향이며, 그리움이었다. 그 때문
에 서울 유학 시절이나, 일본 유학 시절에도 고향이 그리울 때면
어린 시절을 추억하며 어머니를 절절하게 부르곤 했다. 그 마음
이 가장 잘 드러난 작품이 시 〈별 헤는 밤〉이다.

"별 하나에 추억과/ 별 하나에 사랑과/ 별 하나에 쓸쓸함과/ 별
하나에 동경과/ 별 하나에 시와/ 별 하나에 어머니, 어머니…"

눈 2

_ 1936년 12월

눈이
새하얗게 와서
눈이
새물새물 하오.

★ '새물새물'은 입술을 한쪽으로 약간 비틀며 소리 없이 자
꾸 웃는 모양을 나타내는 말로, '눈이 부시다'라는 뜻의 함경도
방언이다. 한 문장으로 이루어진 매우 짧은 시이지만, 눈이 많
이 내려서 눈이 부시다는 동음이의어를 활용한 시인의 재치가
돋보이는 작품이다.

개 1

__ 1936년 12월

눈 우에서

개가

꽃을 그리며

뛰오.

★ 눈 위에 찍힌 개의 발자국이 꽃을 닮은 것을 보고 쓴 작품으로, 살포시 미소 지으며 개를 바라봤을 시인의 모습이 눈앞에 선하다. 그때나 지금이나 겨울이면 눈은 소리 없이 우리를 찾아오건만, 시인은 시로만 남아 우리를 가슴 저리게 한다.

이렇듯 시인은 매우 짧은 시에도 우리를 설레게 하고, 감동하게 하는 언어의 마법을 자유자재로 구사했다.

겨울

_ 1936년 12월

처마 밑에

시래기 다람이

바삭바삭

추워요.

길바닥에

말똥 동그래미

달랑 달랑

얼어요.

★ 시각과 청각, 촉각을 활용해 겨울의 추위를 실감나게 묘사
한 작품. 시를 읽는 것만으로도 간도의 매서운 추위가 느껴진다.

사과

— 1936년 12월

붉은 사과 한 개를

아버지 어머니

누나, 나, 넷이서

껍질채로 송치까지

다— 노나 먹었소.

★ '송치'는 물건의 속 한가운데 있는 연한 심을 뜻하는 '속고
갱이'의 함경도 방언이다. 여기서는 사과 씨가 있는 딱딱한 부분
을 뜻한다. 가난한 탓에 사과 하나를 네 식구가 나눠 먹는 모습
이 궁상맞고 힘들어 보이기보다는 오히려 행복해 보이는 것 같
아서 마음이 따뜻해지는 작품이다.

편지

_ 1936년 12월

누나!
이 겨울에도
눈이 가득히 왔습니다.

흰 봉투에
눈을 한줌 넣고
글씨도 쓰지 말고
우표도 부치지 말고
말쑥하게 그대로
편지를 부칠까요.

누나 가신 나라엔

윤동주의 문장 _ 동시

눈이 아니 온다기에.

★ 유고 시집 《하늘과 바람과 별과 시》에 수록된 작품.

시인은 아버지 윤영석과 어머니 김용 사이의 7남매 중 장남이었다. 하지만 출생 당시 손 위 누나 둘이 연이어 요절한 후라서 집안의 기대가 남달랐다.

얼굴도 알지 못하는 누나를 향한 그리움이 가득 묻어나는 이 작품은 겨울에 내리는 눈을 보며 눈이 오지 않는 곳으로 간 누나를 떠올리며, 편지로라도 눈을 담아 보내고 싶은 시인의 따뜻한 마음이 고스란히 묻어나 있다.

누구나 좋은 것을 대할 때면 가장 먼저 떠오르고, 맛있는 것을 먹을 때면 자신이 먼저 먹는 것이 못내 미안한 사람이 있을 것이다. 시인에게 있어 그 사람은 아마 어린 시절 유명을 달리한 누나가 아니었나 싶다.

시인 역시 많은 사람에게 그런 존재가 아닐까. 이 작품 그대로, 첫눈 내리는 날 하늘에 있는 시인에게 눈을 한 줌 담은 말쑥한 편지를 보내고 싶다.

호주머니

__ 1936년 12월 ~ 1937년 1월

넣을 것 없어
걱정이던
호주머니는

겨울만 되면
주먹 두개 갑북 갑북.

★ 1936년 《카톨릭 소년》 12월 호 또는 1937년 1월 호에 발표한 작품으로, 두 번째 습작 시집 《창》에 수록되었다. '가득가득'이란 뜻의 함경도 방언 '갑북갑북'을 통해 추운 겨울 주머니에 주먹 두 개밖에 넣을 게 없는 가난한 삶을 역설적으로 그리고 있다.

둘 다

— 1937년

바다도 푸르고
하늘도 푸르고

바다도 끝없고
하늘도 끝없고

바다에 돌 던지고
하늘에 침 뱉고

바다는 벙글
하늘은 잠잠

★ 유고 시집《하늘과 바람과 별과 시》에 수록된 작품.

순수한 동심으로 끝없이 푸른 하늘과 바다를 바라보며 표현한 재치가 돋보인다. 과연, 사물을 어떤 마음으로 바라보면 이런 작품을 쓸 수 있을까. 시인의 감성이 그저 부러울 뿐이다.

반딧불

— 1937년

가자, 가자, 가자,
숲으로 가자.
달쪼각을 주으러
숲으로 가자.

그믐밤 반딧불은
부서진 달쪼각

가자, 가자, 가자,
숲으로 가자.
달쪼각을 주으러
숲으로 가자.

★ 유고 시집《하늘과 바람과 별과 시》에 수록된 작품.

그믐밤에 뜨는 달은 초승달이다. 초승달은 음력 초사흘날에 뜨는 눈썹 모양의 달로 오른쪽으로 활처럼 가느다랗게 휘어져 있다. 그런데 초승달을 자세히 살펴보면 왼쪽으로 희미하게 둥근 달이 전체적으로 보이는 것을 확인할 수 있다. 달이 가늘수록 그 모습은 더욱더 선명하게 보인다. 달이 밝게 보이는 부분은 햇빛을 받는 부분이며, 어둡게 보이는 부분은 해를 등지고 있는 부분이다. 그렇다면 초승달을 둥글게 보이게 하는 빛은 과연 어디서 온 것일까? 시인은 이를 반딧불이라고 표현했다. 보름달이 부서진 흔적이라는 것이다.

〈반딧불〉은 읽을수록 그 서정적 동심이 물씬 느껴지는 작품이다. '하늘을 우러러 한 점 부끄럼이 없기를' 기원했던 시인의 소망처럼 해맑은 시어의 가녀린 행렬이랄까.

어쩌면 시인은 그런 반딧불 같은 사람이 되고 싶었는지도 모른다. 나아가 자기 한 몸을 불태워 세상을 밝게 비추는 순례자의 삶을 꿈꾸었던 것은 아닐까. 그래서 그렇게 치열한 삶을 살았던 것인지도 모른다. 그런 점에서 볼 때 시인의 인생관을 느낄 수 있는 작품이라고 할 수 있다.

할아버지

— 1937년 3월 10일

왜떡이 쓴 데도

자꾸 달다고 하오.

★ 시인의 할아버지 윤하현은 김약연 · 김하규 · 문병규 · 남도전 등 네 가문의 가족 142명이 1899년 중국 지린성 허룽현에 터전을 마련하자 일 년 뒤에 합류했다. 그들은 '동쪽을 밝힌다'라는 뜻으로 마을 이름을 '명동(明東)'이라고 짓고, 1908년 '명동서숙(이듬해 '명동학교'로 개칭)'을 지어 아이들을 가르쳤다.

독실한 기독교 장로로 마을의 유지이기도 했던 시인의 할아버지 윤하현은 독립투사들에게 독립자금을 대주기도 했다. 시인은 그런 할아버지를 보고 자라며, 일찍부터 민족의식에 눈을 떴다. 사실 시인이 문학을 계속할 수 있었던 데는 할아버지 윤하현의 도움이 매우 컸다.

1937년 광명학교 졸업반 시절, 시인은 상급 학교 진학 문제로 아버지 윤영석과 심한 갈등을 빚었다. 아버지 윤영석은 의대나 법대에 진학하기를 바랐지만, 시인은 연희전문 문과에 진학하기를 원했기 때문이다. 이 과정에서 시인이 단식투쟁까지 하자, 보다 못한 할아버지 윤하현이 두 사람을 중재했다. "동주가 하고 싶은 것을 하게 해야 한다"라며 시인의 편을 든 것이다. 그러면서도 "고등고시를 봐야 한다. 봐서 꼭 성공해야 한다"라는 부탁을 잊지 않았다.

살아생전에 시인으로 등단한 적이 없는 시인에게 '시인'이라는 칭호를 처음 부여한 사람은 조부 윤하현이었다. 시인이 일본에서 만 27년 2개월(햇수로는 29년)이라는 짧은 삶을 마감하자, 윤하현은 자신의 비석으로 마련한 흰 돌을 손주의 비석으로 사용하며, 거기에 '시인 윤동주 지묘(詩人 尹東柱之墓)'라고 썼다.

'왜떡(센베이)'은 쓰다고 하는 이 작품에서 시인은 일본 떡은 비록 그 맛은 달지도 모르지만, 결국 우리 민족에게 쓴맛을 줄 것이라며 절대 먹어서는 안 된다고 말하고 있다.

나무

— 1937년 3월

나무가 춤을 추면
바람이 불고,
나무가 잠잠하면
바람도 자오.

★ 이 작품을 아이의 순수한 동심을 담은 짧은 동시라고만 생각하고 읽으면 여느 동시처럼 흐뭇한 미소가 지어진다. 하지만 단 네 줄로 이루어진 이 작품의 행간에는 우리가 생각하는 것보다 더 깊은 의미가 담겨 있다.

바람이 불어야만 나무가 흔들리기 마련인데, 나무가 춤을 춰야 바람이 분다니, 뭔가 조금 이상하기 때문이다. 과연, 시인은 네 줄의 이 짧은 시를 통해 뭘 말하고 싶었던 것일까. 혹시 암울한 시대적 상황에서 나무라는 매개체를 통해 '나는 나무로 살고 있는가?'라는 자신을 향한 물음과 반성은 아니었을까. 즉, 민족의 고통 앞에서 괴로워하면서도 행동하지 않는 자신의 위선을 지적하고 부끄럽게 생각한 것은 아니었을까.

말했다시피, 내성적이고 수줍음이 많았던 시인은 고종사촌이자 독립운동에 적극적으로 가담해서 활동한 송몽규를 몹시 부러워했다고 한다. 모든 면에서 자신보다 앞선다고 생각했기 때문이다. 무엇보다도 시인은 송몽규의 담대함과 뛰어난 말솜씨, 말을 행동으로 증명하는 것에 큰 콤플렉스를 갖고 있었다.

'나무'는 시인 자신 혹은 우리 민족을, '바람'은 일제 강점기라는 암울한 시대적 상황을 상징한다. 그런 점에서 이 작품은 민족의 고통 앞에서도 앞으로 나서지 못하는 데 대한 자기반성이자 부끄러움의 고백이라고 할 수 있다.

만돌이

__ 1937년 3월

만돌이가 학교에서 돌아오다가

전봇대 있는 데서

돌재기 다섯 개를 주웠습니다.

전봇대를 겨누고

돌 첫 개를 뿌렸습니다.

— 딱 —

두 개째 뿌렸습니다.

— 아뿔사 —

세 개째 뿌렸습니다.

— 딱 —

네 개째 뿌렸습니다.

― 아뿔사 ―

다섯 개째 뿌렸습니다.

― 딱 ―

다섯 개에 세 개……

그만하면 되었다.

내일 시험

다섯 문제에 세 문제만 하면―

손꼽아 구구를 하여봐도

허양 육십 점이다.

볼 거 있나 공차러 가자.

그 이튿날 만돌이는

꼼짝 못하고 선생님한테

흰 종이를 바쳤을까요.

그렇잖으면 정말

육십 점을 맞았을까요.

★ 첫 번째 습작 시집 《나의 습작기의 시 아닌 시》에 수록된 작품으로, 한 편의 동화를 읽는 것만 같아, 아이들과 껄껄껄 웃으면서 읽으면 좋을 듯하다.

돌팔매질을 통해 시험 점수를 점치는 개구쟁이 만돌이의 모습이 매우 익살스럽다. 하지만 그 모습이 밉지 않은 이유는 모름지기 아이들이란 그런 순수함이 있어야 한다고 생각하기 때문이다. 한편으로는 내일이 시험인데도 '볼 거 있나 공 차러 가자'라며 아무 걱정 없는 만돌이의 여유가 부럽기도 하다.

돌재기는 '돌조각'을, 허양은 '거뜬히'라는 함경도 방언으로 작품을 읽는 맛을 더욱 살리고 있다.

개 2

_ 1937년 봄 추정

「이 개 더럽잖니」
아―니 이웃집 덜렁 수캐가
오늘 어슬렁어슬렁 우리집으로 오더니
우리집 바둑이의 밑구멍에다 코를 대고
씩씩 내를 맡겠지 더러운 줄도 모르고,
보기 흉해서 막 차며 욕해 쫓았더니
꼬리를 휘휘 저으며
너희들보다 어떻겠냐 하는 상으로
뛰어가겠지요 나―참.

★ 첫 번째 습작 시집 《나의 습작기의 시 아닌 시》에 수록된

작품으로, 마음에 들지 않았는지 육필 원고에 X 표시를 했다. 그래서일까 창작 날짜 역시 표기하지 않았다.

'덜렁 수캐'란 한자리에 머물지 못하고 이리저리 돌아다니는 개를 말하는 것으로 사람을 놀릴 때 곧잘 사용하는 말이다.

거짓부리

_ 1937년 10월

똑, 똑, 똑

문 좀 열어주세요

하룻밤 자고 갑시다

밤은 깊고 날은 추운데

거, 누굴까?

문 열어주고 보니

검둥이 꼬리가

거짓부리 한 걸.

꼬끼요 꼬끼요

닭알 낳았다

간난아! 어서 집어가거라

간난이 뛰어가 보니

닭알은 무슨 닭알

고놈의 암탉이

대낮에 새빨간

거짓부리 한 걸.

★ 유고 시집 《하늘과 바람과 별과 시》에 수록된 작품.

130여 편에 달하는 시인의 전체 작품 중 30퍼센트를 동시로 분류할 수 있다. 주목할 점은 동시를 발표할 때는 '윤동주(尹童柱)' 또는 '윤동주(尹童舟)'라는 필명을 썼다는 점이다. 이 작품 역시 1937년 《카톨릭 소년》 10월 호에 발표할 때 '윤동주(尹童舟)'라는 이름을 썼다.

시인은 시뿐만 아니라 동시에도 나라 잃은 슬픔을 곧잘 담았다. 이 작품 〈거짓부리〉에는 달걀을 낳은 것처럼 거짓으로 우는 암탉이 나온다. 생각건대, 이는 달콤한 거짓말로 우리 민족을 속이는 일본을 비유한 것으로 보인다. 강아지와 닭이 주인에게 거짓말한다고 표현한 시인의 재치가 돋보이는 작품이다.

귀뜨라미와 나와

_1938년

귀뜨라미와 나와
잔디밭에서 이야기했다.

귀뜰귀뜰
귀뜰귀뜰

아무게도 알으켜 주지 말고
우리들만 알자고 약속했다.

귀뜰귀뜰
귀뜰귀뜰

윤동주의 **문장** __ 동시

귀뜨라미와 나와

달밝은 밤에 이야기했다.

★ 유고 시집 《하늘과 바람과 별과 시》에 수록된 작품.

달 밝은 가을밤에 귀뚜라미와 이야기를 나누는 순수한 동심을 노래하고 있다. 귀뚜라미와 과연 어떤 이야기를 했을지 자못 궁금하다.

사실 귀뚜라미가 귀뚤귀뚤 우는 소리는 제 짝을 찾는 애절한 신호라고 한다. 시인 역시 그 사실을 모르지는 않았을 것이다. 하지만 시인은 그것을 기회로 귀뚜라미에게 자신의 속마음을 털어놓고 싶었는지도 모른다. 아무에게도 말하지 말고, 우리만 알자는 시인의 마음속 비밀이란 과연 무엇이었을까.

애기의 새벽

__1938년

우리집에는

닭도 없단다.

다만

애기가 젖달라 울어서

새벽이 된다.

우리집에는

시계도 없단다.

다만

애기가 젖달라 보채어

새벽이 된다.

★ 유고 시집《하늘과 바람과 별과 시》에 수록된 작품.

이 작품에서 '닭'과 '시계'가 의미하는 것은 과연 뭘까. 둘의 공통점은 시간을 뜻한다는 것이다. 하지만 시인에게는 닭도 시계도 없다. 그야말로 곤궁한 삶이지만, 그런 것쯤은 중요하지 않다. 그보다 더 중요한 것이 있기 때문이다. '새벽'과 '애기'가 바로 그것이다. 새벽은 '조국 광복'을, 애기는 '우리 민족'을 뜻한다. 이에 이 작품을 다시 해석하면, 비록 가진 것 없이 가난해도 나라의 소중함을 깨닫고, 행동해야만 조국 광복을 이룰 수 있다는 뜻을 담고 있다.

시인의 작품 대부분이 그렇지만, 그 행간에 깃든 뜻을 알지 못하고 읽으면 그저 읽을거리에 지나지 않지만, 그것이 의미하는 바를 알고 읽으면 완전히 새로운 텍스트가 된다. 거기에는 시대정신과 시인의 혼이 담겨 있기 때문이다.

햇빛 · 바람

__ 1938년

손가락에 침 발라

쏘옥, 쏙, 쏙

장에 가는 엄마 내다보려

문풍지를

쏘옥, 쏙, 쏙

아침에 햇빛이 빤짝,

손가락에 침 발라

쏘옥, 쏙, 쏙

장에 가신 엄마 돌아오나

문풍지를

쏘옥, 쏙, 쏙

저녁에 바람이 솔솔.

★ 유고 시집 《하늘과 바람과 별과 시》에 수록된 작품으로, 원작은 첫 번째 습작 시집 《나의 습작기의 시 아닌 시》에 수록된 〈창구멍〉이다. 두 작품 모두 가족에 대한 진한 사랑이 구구절절 묻어나 있다.

〈창구멍〉이 새벽부터 밤늦게까지 고단하게 일하는 아빠를 그리워하는 작품이라면, 이 작품은 장터에 간 엄마를 기다리는 아이의 애달픔과 순수한 마음이 잘 드러나 있다.

시인의 작품을 한 줄 한 줄 마음으로 읽다 보면 가슴에 잔잔한 물결이 일고, 사람과 사물을 바라보는 시인의 따뜻한 마음이 그대로 느껴진다. 또한, 감칠맛 나면서도 재치 있는 시인만의 언어가 가슴을 뭉클하게 한다. 그런 점에서 볼때 아이의 때 묻지 않은 눈과 마음으로 세상을 바라보는 시인의 작품은 우리가 자칫 잊고 지나치기 쉬운 것들을 돌아보게 하는 마술과도 같다.

해바라기 얼굴

_ 1938년 5월

누나의 얼굴은

해바라기 얼굴.

해가 금방 뜨자

일터에 간다.

해바라기 얼굴은

누나의 얼굴.

얼굴이 숙어들어

집으로 온다.

★ 유고 시집《하늘과 바람과 별과 시》에 수록된 작품.

아침 일찍 일터에 나갔다가 지쳐서 돌아오는 누나의 얼굴을 해바라기에 비유한 작품이다. 육필 원고에는 '일터'가 아닌 '공장'으로 썼다가 바꾼 흔적이 남아 있다. 이는 일제의 검열 때문으로 보인다.

'해바라기'란 이름은 '해를 따라 돈다'라는 의미로 중국말 '향일규(向日葵)'를 그대로 번역한 것이다. 해를 닮은 해바라기는 콜럼버스가 아메리카 대륙을 발견한 후 유럽으로 전파되어 '태양의 꽃' 또는 '황금꽃'이라고 알려졌다.

〈해바라기 얼굴〉에서 누나는 말 그대로 해바라기이다. 아침에는 금방 솟아난 해처럼 해맑고 예쁘지만, 해가 진 저녁에는 생기라고는 전혀 없는 얼굴로 변하고 만다. 피로와 절망에 휩싸이기 때문이다. 생각건대, 이는 당시 우리 민족의 모습이라고 할 수 있다.

이렇듯 시인의 동시에는 시 못지않게 시대의 아픔을 보듬고 증언하려는 역사의식과 민족정신이 담겨 있다. 그것이 우리가 시인의 작품을 즐겨 읽고 좋아하는 이유다.

산울림

_ 1938년 5월

까치가 울어서
산울림
아무도 못 들은
산울림

까치가 들었다
산울림
저 혼자 들었다
산울림

★ 유고 시집 《하늘과 바람과 별과 시》에 수록된 작품으로, 연

희전문학교 문과 2학년이던 1939년《소년》3월 호에 '윤동주(尹童舟)'라는 이름으로 발표했던 문단 데뷔작이기도 하다. 시가 아닌 동시로 문단에 정식으로 데뷔했다는 점이 다소 의외이기는 하지만, 고요하고 외로운 산속의 정경을 이보다 절묘하게 묘사한 작품은 없다는 점에서 시인의 뛰어난 감성을 다시 한번 느낄 수 있다.

아무도 없는 산에서 까치 한 마리가 울어 산울림이 생겼고, 그 까치만이 자신의 울음이 산울림이 되어 울리는 것을 들었다는 2연으로 된 짧은 작품으로, 적막한 산중의 모습을 오롯이 담고 있다. 생각건대, 고요하고 쓸쓸한 분위기는 당시 시대 상황을 반영한다고 할 수 있다. 까치 역시 시인 자신을 대변한다. 그런 점에서 볼 때 시대의 어둠과 절망을 깨뜨리는 데 자신을 희생하겠다는 시인의 순례자적인 자세가 엿보이는 작품이라고 할 수 있다.

중요한 것은 까치의 울림을 더 많은 사람이 듣고, 더 많은 까치가 나와야 한다는 것이다. 그래야만 시인이 이 시를 통해 사람들에게 전달하고자 했던 바람이 온전히 실현될 수 있기 때문이다. 그렇다면 과연, 시인의 바람은 이루어졌을까. 오늘따라 시인의 따뜻한 미소가 그립다.

윤동주의 문장

산문

달을 쏘다

— 1938년 10월

번거롭던 사위(四圍, 주위)가 잠잠해지고, 시계 소리가 또렷하나 보니, 밤은 적이(얼마간) 깊을 대로 깊은 모양이다. 보던 책자(冊子)를 책상머리에 밀어 놓고 잠자리를 수습한 다음 잠옷을 걸치는 것이다. '딱' 스위치 소리와 함께 전등을 끄고 창녘의 침대에 드러누우니 이때까지 밝은 휘—양찬 달밤이었던 것을 감각지 못하였댔다. 이것도 밝은 전등의 혜택이었을까.

나의 누추한 방이 달빛에 잠겨 아름다운 그림이 된다는 것보다도 오히려 슬픈 선창(船艙, 부두)이 되는 것이다. 창살이 이마로부터 콧마루, 입술 이렇게 하야 가슴에 여민 손등에까지 어른거려 나의 마음을 간질이는 것이다. 옆에 누운 분의 숨소리에 방은 무시무시해진다. 아이처럼 황황해지는(허둥거리며 정신이 없어진 상태) 가슴에 눈을 치떠서 밖을 내다보니, 가을 하늘은 역시 맑고, 우거진 송림은 한 폭의 묵화(墨畵)다. 달빛은 솔가지에 쏟아져 바람인 양 솨—소리가 날 듯하다. 들리는 것은 시계 소리와 숨소리와 귀또리(귀뚜라미) 울음뿐. 벅쩍고던(북적대던) 기숙사도 절간보다 더 한층 고요한 것이 아니냐?

나는 깊은 사념(思念)에 잠기기 한창이다. 딴은 사랑스러운 아가씨를 사유(私有)할 수 있는 아름다운 상화(想華, '수필'을 뜻하는 것으로 추정)도 좋고, 어릴 적 미련을 두고 온 고향에의 향수도 좋거니와 그보다는 손쉽게 표현 못 할 심각한 그 무엇이 있다.

바다를 건너온 H 군의 편지 사연을 곰곰이 생각할수록 사람과 사람 사이의 감정이란 미묘한 것이다. 감상적인 그에게도 필연코 가을은 왔나 보다.

편지는 너무나 지나치지 않았던가. 그중 한 토막,

"군(君)아! 나는 지금 울며, 울며 이 글을 쓴다. 이 밤도 달이 뜨고, 바람이 불고, 인간인 까닭에 가을이란 흙냄새도 안다. 정(情)의 눈물 따뜻한 예술학도였던 정의 눈물도 이 밤이 마지막이다."

또 마지막 부분에 이런 구절이 있다.

"당신은 나를 영원히 쫓아버리는 것이 정직할 것이오."

나는 이글의 뉘앙스를 해석할 수 있다. 그러나 사실 나는 그에게 아픈 소리 한마디 한 일이 없고, 서러운 글 한쪽 보낸 일이 없다. 생각건대, 이 죄는 다만 가을에 지워 보낼 수밖에 없다.

홍안서생(紅顏書生, 학문을 닦는 젊은이)으로 이런 단안(斷案)을 내리는 것은 외람한(분수에 넘치는) 일이나 동무란 한낱 괴로운 존재요, 우정이란 진정 위태로운 잔에 떠놓은 물이다. 이 말을 반대할 자 누구랴. 그러나 지기(知己, 자기를 알아주는 친구) 하나 얻기 힘들다 하거늘 알뜰한 동무 하나 잃어버린다는 것은 살을 베어내는 아픔이다.

나는 나를 정원(庭園)에서 발견하고 창을 넘어 나왔다던가, 방 문을 열고 나왔다던가, 왜 나왔느냐는 어리석은 생각에 두뇌를 괴롭게 할 필요는 없는 것이다. 다만 귀뜨람이 울음에도 수줍어지는 코스모스 앞에 그윽이 서서 닥터 필링스의 동상(銅像) 그림자처럼 슬퍼지면 그만이다. 나는 이 마음을 아무에게나 전가시킬 심보는 없다. 옷깃은 민감(敏感)해서 달빛에도 싸늘히 추워지고, 가을 이슬이란 선득선득해서 서러운 사나이의 눈물인 것이다. 발걸음은 몸뚱이를 옮겨 연못 가에 세워줄 때 연못 속에도 역시 가을이 있고, 삼경(三更, 밤 11시에서 새벽 1시)이 있고, 나무가 있고, 달이 있다. (달이 있고…)

그 찰나(刹那, 극히 짧은 시간) 가을이 원망스럽고, 달이 미워진다. 더듬어 돌을 찾아 달을 향해 죽어라고 팔매질을 하였다. 통쾌! 달은 산산이 부서지고 말았다. 그러나 놀란 물결이 잦아들 때 오래잖아 달은 다시 살아난 것이 아니냐. 문득 하늘을 쳐다보니 얄미운 달은 머리 위에서 빈정대는 것을―

나는 꼿꼿한 나뭇가지를 골라 띠를 째서 줄을 메워 훌륭한 활을 만들었다. 그리고 좀 탄탄한 갈대로 화살을 삼아 무사(武士)의 마음을 먹고, 달을 쏘다.

★ 연희전문학교 문과 입학 후 쓴 작품으로 1939년《조선일보》〈학생란〉 1월 호에 '윤동주(尹東柱)' 또는 '윤주(尹柱)'라는 이름으로 발표했다. 고향을 떠나와 낯선 타향에서 지내는 외로움과 시대적·인간적 성찰과 고뇌를 담았다.

이 작품에서 '달'은 자신의 다른 모습이자 고뇌를 상징한다. 이에 시인은 화살로 달을 쏘아 떨어뜨리기로 한다. 자신의 고뇌와 번뇌를 깨뜨리겠다는 다짐인 셈이다.

알다시피, 시인은 생전에 시집을 펴내진 못했다. 소설가 김송 집에 하숙하며 쓴 〈별 헤는 밤〉, 〈자화상〉 등을 묶어 시집을 내려고 연희전문학교를 졸업하던 1941년 서문으로 〈서시〉까지 지었지만, 일본의 삼엄한 검열로 인해 무산되고 말았다. 생각건대, 만일 이때 시집이 출간되었다면 일본 유학을 가지 못했을지도 모른다는 생각이 든다. 그만큼 민족 혼과 불행한 민족에 대한 사랑, 조국 독립에 대한 염원이 담긴 작품이 그즈음 막 쏟아져 나오기 시작했기 때문이다.

평생 자신의 시와 삶을 일치시키려고 노력했던 시인의 민족정신은 여느 투사 못지않게 치열했다. '별을 노래하는 마음으로/ 모든 죽어가는 것들을 사랑해야지/ 그리고 나한테 주어진 길을/ 걸어가야겠다'라는 〈서시〉의 구절처럼 죽음의 늪에 빠진 민족을 누구보다 사랑했고, 자신에게 주어진 길을 걸으며, 민족을 위로하고자 했다. 하지만 안타깝게도 광복을 몇 달 앞두고 민족의 제단에 자신을 제물로 바쳐야만 했다.

낯선 후쿠오카 감옥에서 귀뚜라미 소리를 벗 삼아 홀로 눈물 흘렸을 시인. 그것을 생각하면 나도 모르게 마음이 먹먹해진다. 같은 달을 봤을 고향의 동무들과 가족, 어머니의 목소리는 또 얼마나 그리웠을까.

별똥 떨어진 데

_ 1939년

　밤이다.

　하늘은 푸르다 못해 농회색으로 캄캄하나 별들만은 또렷또렷 빛난다. 침침한 어둠뿐만 아니라 오싹오싹 춥다. 이 육중한 기류 가운데 자조(自嘲)하는 한 젊은이가 있다. 그를 '나'라고 불러두자.

　나는 이 어둠에서 배태(胚胎)되고, 이 어둠에서 생장(生長)하여서 아직도 이 어둠 속에 그대로 생존하나 보다. 내가 갈 곳이 어딘지 몰라 허우적거리는 것이다. 하기야, 나는 세기의 초점인 듯 초췌하다. 얼핏 생각하면 내 바닥을 반듯이 받들어주는 것도 없고, 그렇다고 내 머리를 갑자기 내리누르는 아무것도 없는 듯하다. 하지만 내막(內幕, 속사정)은 그렇지도 않다. 나는 도무지 자유스럽지 못하다. 다만, 나는 없는 듯 있는 하루

살이처럼 허공에 부유(浮遊)하는 한 점에 지나지 않는다. 이것이 하루살이처럼 경쾌하다면 마침 다행(多幸)할 것인데 그렇지를 못하구나!

이 점의 대칭 위치에 또 다른 밝음의 초점이 도사리고 있는 듯 생각된다. 덥석 움키었으면 잡힐 듯도 하다. 마는(그러나) 그 것을 휘어잡기에는 나 자신이 둔질이라는 것보다 오히려 내 마음에 아무런 준비도 배포치 못한 것이 아니냐. 그러고 보니 행복이란 별스런 손님을 불러들이기에도 또 다른 한 가닥 구실을 치르지 않으면 안 될까 보다.

이 밤에 나에게 있어 어릴 적처럼 한낱 공포의 장막인 것은 벌써 흘러간 전설이오. 따라서 이 밤이 향락의 도가니라는 이야기도 나의 염원에선 아직 소화시키지 못할 돌덩이다. 오로지 밤은 나의 도전의 호적이면 그만이다. 이것이 생생한 관념세계에만 머무른다면 애석한 일이다. 어둠 속에 깜박깜박 졸며 다닥다닥 나란히 한 초가들이 아름다운 시의 화사(華詞)가 될 수 있다는 것은 벌써 지나간 제너레이션(세대)의 이야기요, 오늘에 있어서는 다만 말 못하는 비극의 배경이다.

이제 닭이 홰를 치면서 맵짠(맵고 짠) 울음을 뿜아 밤을 쫓고 어둠을 내몰아 동쪽으로 훤히 새벽이란 새로운 손님을 불러온다 하자. 하나 경망스럽게 그리 반가워할 것은 없다. 보아라, 가령, 새벽이 왔다 하더라도 이 마을은 그대로 암담하고, 나도 그대로 암담하고 하여서 너나 나나 이 가장지 길에서 주저주저 아니하지 못할 존재들이 아니냐.

나무가 있다. 그는 나의 오랜 이웃이요, 벗이다. 그렇다고 그와 내가 성격이나, 환경이나, 생활이 공통한 데가 있는 것은 아니다. 말하자면 극단과 극단 사이에도 애정이 관통할 수 있다는 기적적인 교분의 표본에 지나지 못할 것이다.

나는 처음 그를 퍽 불행한 존재로 가소롭게 여겼다. 그의 앞에 설 때 슬퍼지고 측은한 마음이 앞을 가리곤 하였다. 마는 돌이켜 생각건대 나무처럼 행복한 생물은 다시없을 듯하다. 굳음에는 이루 비길 데 없는 바위에도 그리 탐탁지는 못할망정 자양분이 있다 하거늘 어디로 간들 생의 뿌리를 박지 못하며, 어디로 간들 생활의 불평이 있을쏘냐. 칙칙하면 솔솔 솔바람이 불어오고, 심심하면 새가 와서 노래를 부르다 가고, 출출하면 한 줄기 비가 오고, 밤이면 수많은 별들과 오순도순 이야기할 수 있고— 보다 나무는 행동의 방향이란 거추장스러운 과제에 봉착하지 않고, 인위적으로든, 우연으로든 탄생시켜준 자리를 지켜 무진무궁한 영양소를 흡취하고, 영롱한 햇빛을 받아들여 손쉽게 생활을 영위하고, 오로지 하늘만 바라고 뻗어질 수 있는 것이 무엇보다 행복하지 않으냐.

이 밤도 과제를 풀지 못하여 안타까운 나의 마음에 나무의 마음이 점점 옮아오는 듯하고, 행동할 수 있는 자랑을 자랑치 못함에 뼈저리는 듯하나 나의 젊은 선배의 웅변 왈, 선배도 믿지 못할 것이라니, 그러면 영리한 나무에게 나의 방향을 물어야 할 것인가.

어디로 가야 하느냐. 동이 어디냐, 서가 어디냐, 남이 어디냐, 북이 어디냐. 아차! 저 별이 번쩍 흐른다. 별똥 떨어진 데가 내가 갈 곳인가 보다. 하면 별똥아! 꼭 떨어져야 할 곳에 떨어져야 한다.

★ 북아현동, 서소문 등지에서 하숙 생활을 하던 연희전문학교 2학년 때 쓴 작품. 1939년 9월 이후 1940년 11월까지 절필했다는 점을 고려하면, 그 이전에 쓴 것으로 추정할 수 있다. 이후 시인의 글이 한층 더 서정성이 깊어진 것을 고려하면 이즈음 시인이 얼마나 괴로워하고, 삶을 진지하게 성찰했는지 짐작할 수 있다.

〈별똥 떨어진 데〉는 〈달을 쏘다〉와 마찬가지로 시인의 강한 내면을 보여주는 작품이다. 자신의 내면을 '어둠'으로 표현함과 동시에 자신의 한계를 말하며 자신을 객관화하는 모습에서는 나약한 자신을 끊임없이 성찰하고 부끄러워하는 시인의 모습을 엿볼 수 있다.

종시

___ 1941년

종점(終点)이 시점(始点)이 된다. 다시 시점이 종점이 된다.

아침저녁으로 이 자국을 밟게 되는데 이 자국을 밟게 된 연유(緣由)가 있다. 일찍이 서산대사가 살았을 듯한 우거진 송림 속, 게다가 덩그러니 살림집은 외따로 한 채뿐이었으나 식구(食口)로는 굉장한 것이어서 한 지붕 밑에서 팔도 사투리를 죄다 들을 만큼 모아 놓은 미끈한 장정(將丁)들만이 욱실욱실하였다. 이곳에 법령(法令)은 없었으나 여인 금납구(禁納區, 출입을 금하는 구역)였다. 만일 강심장의 여인이 있어 불의의 침입이 있다면 우리들의 호기심을 저윽히 자아내었고, 방마다 새로운 화제가 생기곤 하였다. 이렇듯 수도생활(修道生活)에 나는 소라 속처럼 안도하였던 것이다.

사건이란 언제나 큰 데서 동기가 되는 것보다 오히려 작은 데서 더 많이 발작하는 것이다.

눈 온 날이었다. 동숙(同宿)하는 친구의 친구가 한 시간 남짓한 문 안 들어가는 차 시간까지를 낭비하기 위하여 나의 친구를 찾아 들어와서 하는 대화였다.

"자네, 여보게 이 집 귀신이 되려나?"

"조용한 게 공부하기 자키(작히, '어찌 조금만큼만', '얼마나'의 뜻으로 희망이나 추측을 나타내는 말. 주로 혼자 느끼거나 묻는 말에 쓰임)나 좋잖은가?"

"그래, 책장이나 뒤적뒤적하면 공분 줄 아나? 전차 간에서 내다볼 수 있는 광경, 정거장에서 맛볼 수 있는 광경, 다시 기차 속에서 대할 수 있는 모든 일이 생활 아닌 것이 없거든. 생활 때문에 싸우는 이 분위기에 잠겨서, 보고, 생각하고, 분석하고, 이거야말로 진정한 의미의 교육이 아니겠는가. 여보게! 자네 책장만 뒤지고 인생이 어드럿니(어떠하니) 사회가 어드럿니(어떠하니) 하는 것은 십육 세기에서나 찾아볼 일일세. 단연(斷然) 문 안으로 나오도록 마음을 돌리게."

나한테 하는 권고는 아니었으나 이 말에 귀띔 뚫려 상푸둥(과연) 그러리라고 생각하였다. 비단 여기만이 아니라 인간을 떠나서 도를 닦는다는 것이 한낱 오락이요, 오락이매 생활이 될 수 없고, 생활이 없으매 이 또한 죽은 공부가 아니랴. 하야 공부도 생활화하여야 되리라 생각하고 불일내에 문 안으로 들어가기를 내심으로 단정해버렸다. 그 뒤 매일같이 이 자국을 밟게 된 것이다.

나만 일찍이 아침거리의 새로운 감촉을 맛볼 줄만 알았더니 벌써 많은 사람의 발자국에 포도(鋪道)는 어수선할 대로 어수선했고, 정류장에 머물 때마다 이 많은 무리를 죄다 어디 갖다 터트릴 심산인지 꾸역꾸역 자꾸 받아 싣는데 늙은이, 젊은이, 아이 할 것 없이 손에 꾸러미를 안 든 사람이 없다. 이것이 그들 생활의 꾸러미요, 동시에 권태의 꾸러미인지도 모르겠다.

이 꾸러미를 든 사람들의 얼굴을 하나하나씩 뜯어보기로 한다. 늙은이 얼굴이란 너무 오래 세파에 짜들어서 문제도 안 되겠거니와 그 젊은이들 낯짝이란 도무지 말씀이 아니다. 열이면 열이 다 우수(憂愁) 그것이오, 백이면 백이 다 비참 그것이다. 이들에게 웃음이란 가물에 콩 싹이다. 필경(必境, 마침내 또는 결국) 귀여우리라는 아이들의 얼굴을 보는 수밖에 없는데 아이들의 얼굴이란 너무나 창백하다. 혹시 숙제를 못 해서 선생한테 꾸지람 들을 것이 걱정인지 풀이 죽어 쭈그러뜨린 것이 활기란 도무지 찾아볼 수 없다. 내 상(像, 얼굴)도 필연코 그 꼴

일 텐데 내 눈으로 그 꼴을 보지 못하는 것이 다행이다. 만일 다른 사람의 얼굴을 보듯 그렇게 자주 내 얼굴을 대한다고 할 것 같으면 요사(夭死, 요절)하였을는지도 모른다.

나는 내 눈을 의심하기로 하고 단념하자! 차라리 성벽 위에 펼친 하늘을 쳐다보는 편이 더 통쾌하다. 눈은 하늘과 성벽 경계선을 따라 자꾸 달리는 것인데 이 성벽이란 현대로써 캄푸라지(Camouflage, 프랑스어로 '거짓 꾸밈' 또는 '위장'의 뜻)한 옛 금성(禁城)이다. 이 안에 어떤 일이 이루어졌으며, 어떤 일이 행하여지고 있는지 성 밖에서 살아왔고 살고 있는 우리에게는 알 바 없다. 이제 다만 한 가닥 희망은 이 성벽이 끊어지는 곳이다.

기대는 언제나 크게 가질 것이 못 되어서 성벽이 끊어지는 곳에 총독부, 도청, 무슨 참고관, 체신국(우체국), 신문사, 소방조(소방서), 무슨 주식회사, 부청, 양복점, 고물상 등 나란히 하고 연달아 오다가 아이스케이크 간판에 눈이 잠깐 머무는데 이 놈을 눈 내린 겨울에 빈집을 지키는 꼴이라든가, 제 신분에 맞지 않는 가게를 지키는 꼴을 살짝 필름에 올리며 본달 것 같으면 한 폭의 고등 풍자만화가 될 터인데 하고 나는 눈을 감고 생각하기로 한다. 사실 요즈음 아이스케이크 간판 신세를 면치 아니하지 못할 자 얼마나 되랴. 아이스케이크 간판은 정열에 불타는 염서(炎暑, 무더운 여름날)가 진정 아수롭다(아쉽다).

눈을 감고 한참 생각하노라면 한 가지 거리끼는 것이 있는데 이것은 도덕률이란 거추장스러운 의무감이다. 젊은 녀석이 눈을 딱 감고 버티고 앉아 있다고 손가락질하는 것 같아서 번쩍 눈을 떠 본다. 하나 가까이 자선(慈善)할 대상이 없음에 자리를 잃지 않겠다는 심정보다 오히려 아니꼽게 본 사람이 없었으리란 데 안심이 된다.

이것은 과단성 있는 동무의 주장이지만, 전차에서 만난 사람은 원수요, 기차에서 만난 사람은 지기(知己)라는 것이다. 딴은 그러리라고 얼마큼 수긍하였었다. 한자리에서 몸을 비비적거리면서도 "오늘은 좋은 날씨올시다.", "어디서 내리시나요?" 쯤의 인사는 주고받을 법한데, 일언반구 없이 뚱—한 꼴들이 작히나 큰 원수를 맺고 지내는 사이 같다. 만일 상냥한 사람이 있어 요만쯤의 예의를 밟는다고 할 것 같으면 전차 속의 사람들은 이를 정신이상자로 대접할 것이다. 그러나 기차에서는 그렇지 않다. 명함(名銜)을 서로 바꾸고, 고향 이야기, 행방 이야기를 거리낌 없이 주고받고, 심지어 남의 여로(旅勞, 여행의 피로)를 자기의 여로인 것처럼 걱정하고. 이 얼마나 다정한 인생행로냐?

이러는 사이에 남대문을 지나쳤다. 누가 있어 "자네 매일같이 남대문을 두 번씩 지날 터인데, 그래 늘 보곤 하는가?"라는 어리석은 듯한 멘탈 테스트를 낸다면 나는 아연(啞然)해지지 않을 수 없다. 가만히 기억을 더듬어 본달 것 같으면 늘이 아니라 이 자국을 밟은 이래 그 모습을 한 번이라도 쳐다본 적이 있었던 것 같지 않다. 하기는 나의 생활에 긴한 일이 아니매 당연한 일일 게다. 하나 여기에 하나의 교훈이 있다. 횟수가 너무 잦으면 모든 것이 피상적이 되어 버리느니라.

이것과는 관련이 먼 이야기 같으나 무료한 시간을 까기 위하여 한마디 하면서 지나가자.

시골서는 제노라고(내로라고) 하는 양반이었던 모양인데 처음 서울 구경을 하고 돌아가서 며칠 동안 배운 서울 말씨를 섣불리 써 가며 서울 거리를 손으로 형용하고 말로써 떠벌려 옮겨 놓더란 데, 정거장에 턱 나리니 앞에 고색이 창연한 남대문이 반기는 듯 가로막혀 있고, 총독부 집이 크고, 창경원에 백(百) 가지 금수(禽獸, 동물)가 볼 직했고, 덕수궁의 옛 궁전이 회포를 자아냈고, 화신(和信, 화신백화점) 승강기는 머리가 힝—했고, 본정(本町, 지금의 서울 명동)엔 전등이 낮처럼 밝은데 사람이 물 밀리듯 밀리고 전차란 놈이 윙윙 소리를 지르며, 지르며 연달아 달리고—— 서울이 자기 하나를 위하여 이루어진 것처럼 우쭐했는데 이것쯤은 있을 듯한 일이다. 한데 게도(거기에도) 방정꾸러기(걸핏하면 방정을 잘 떠는 사람을 놀림조로 이르는 말)가 있어 "남대문이란 현판이 참 명필이지요?" 하고 물으니 대답이 걸작이다.

"암, 명필이고, 말고. '남' 자, '대' 자, '문' 자 하나하나 살아서 막 꿈틀거리는 것 같데."

'어느 모로나 서울 자랑하려는 이 양반으로서는 가당한 대답일 게다. 이분에게 아현 고개 막바지에— 아니, 치벽한 데(외진 곳) 말고— 가까이 종로 뒷골목에 무엇이 있던가를 물었더라면 얼마나 당황했으랴.

나는 종점을 시점으로 바꾼다.

내가 내린 곳이 나의 종점이요, 내가 타는 곳이 나의 시점이 되는 까닭이다. 이 짧은 순간 많은 사람 사이에 나를 묻는 것인데 나는 이네들에게 너무나 피상적이 된다. 나의 휴맨니티(휴머니티)를 이네들에게 발휘해낸다는 재주가 없다. 이네들의 기쁨과 슬픔과 앓은(아픈) 데를 나로서는 측량한다는 수가 없는 까닭이다. 너무 막연하다. 사람이란 횟수가 잦은 데와 양이 많은 데는 너무나 쉽게 피상적이 되나 보다. 그럴수록 자기 하나 간수하기에 분망하나 보다.

시그널(Signal, 신호)을 밟고 기차는 왱— 떠난다. 고향으로 향한 차도 아니건만 공연히 가슴은 설렌다. 우리 기차는 느릿느릿 가다 숨차면 가정거장(假停車場, 임시 정거장)에서도 선다. 매일같이 웬 여자들이 주룽주룽(주렁주렁. 사람들이 많이 딸린 모양) 서 있다. 제마다 꾸러미를 안았는데 예의 그 꾸러민 듯싶다. 다들 방년(芳年, 스무 살 전후) 된 아가씨들인데 몸매로 보아하니 공장으로 가는 직공들은 아닌 모양이다. 얌전히 들 서서 기차를 기다리는 모양이다. 판단을 기다리는 모양이다. 하나 경망스럽게 유리창을 통하여 미인 판단을 내려서는 안 된다. 피상법칙이 여기에도 적용될지 모른다. 투명한 듯하나 믿지 못할 것이 유리다. 얼굴을 찌그려 뜨려 놓은 듯이 한다든가, 이마를 좁다랗게 한다든가, 코를 말코로 만든다든가, 턱을 조개 턱으로 만든다든가 하는 악희(惡戱)를 유리창이 때때로 감행하는 까닭이다.

판단을 내리는 자에게는 별반 이해관계가 없다손 치더라도 판단을 받는 당자(當者)에게 오려던 행운이 도망갈는지를 누가 보장할쏘냐. 여하간 아무리 투명한 꺼풀일지라도 깨끗이 베껴

버리는 것이 마땅할 것이다.

이윽고 턴넬(터널)이 입을 벌리고 기다리는데 거리 한가운데 지하철도도 아닌 턴넬이 있다는 것이 얼마나 슬픈 일이냐. 이 턴넬이란 인류 역사의 암흑시대요, 인생행로의 고민상(故悶相)이다. 공연히 바퀴소리만 요란하다. 구역 날 악질의 연기가 스며든다. 하나 미구(未久)에 우리에게 광명의 천지가 있다.

턴넬을 벗어났을 때 요즈음 복선공사에 분주한 노동자들을 볼 수 있다. 아침 첫차에 나갔을 때에도 일하고 저녁 늦차에 들어올 때도 그네들은 그대로 일하는데, 언제 시작하여 언제 끝이는지 나로서는 헤아릴 수 없다. 이네들이야말로 건설의 사도(使徒)들이다. 땀과 피를 아끼지 않는다.

그 육중한 트럭을 밀면서도 마음만은 요원한 데 있어 트럭 판장에다 서투른 글씨로 신경행이니, 북경행이니, 남경행이라고 써서 타고 다니는 것이 아니라 밀고 다닌다. 그네들의 마음을 엿볼 수 있다. 그것이 고력(苦力)에 위안이 안 된다고 누가 주장하랴.

이제 나는 곧 종시(終始)를 바꿔야 한다. 그러나 내 차에도 신경행, 북경행, 남경행을 달고 싶다. 세계일주행이라고 달고 싶다. 아니, 그보다도 진정한 내 고향이 있다면 고향행을 달겠다. 다음 도착하여야 할 시대의 정거장이 있다면 더 좋다.

　★ 후배 정병욱과 함께 기숙사를 나와 종로구 누상동 소설가 김송의 집에서 하숙 생활하던 무렵 쓴 작품으로, 그즈음 시인은 어느 때보다 편안한 마음으로 작품 활동에 전념하며 〈십자가〉, 〈눈 감고 가다〉, 〈돌아와 보는 밤〉 등 무려 9편의 시를 쏟아낸다.

　누상동 하숙집에서 광화문과 남대문을 거쳐 터널을 통학하여 학교를 오가던 등하교 길에 본 서울의 풍경을 상세하게 담은 〈종시〉 역시 그즈음에 썼다. 어둠을 상징하는 '터널'이라는 매개체를 통해 시대의 아픔과 결국은 거기서 벗어날 것이라는 희망을 그리고 있는 작품으로 밤늦게까지 철길에서 공사하던 노동자를 바라보는 따뜻한 휴머니즘이 담겨 있다.

　누구에게나 고향은 그립고 설레는 곳이다. 시인 역시 마찬가지였다. 부모와 동무들이 있는 고향이 그리워 매일 학교 가는 길에 보게 되는 기차를 보며 고향 생각에 설레곤 했다.

　"시그널(Signal)을 밟고 기차는 왱— 떠난다. 고향으로 향한 차도 아니건만 공연히 가슴은 설렌다."

화원에 꽃이 핀다

— 1941년 9월

개나리 · 진달래 · 앉은뱅이 · 라일락 · 민들레 · 찔레 · 복사 · 들장미 · 해당화 · 모란 · 릴리(백합) · 창포 · 카네이션 · 봉선화 · 백일홍 · 채송화 · 달리아 · 해바라기 · 코스모스 — 코스모스가 홀홀히(문득 갑작스럽게) 떨어지는 날 우주의 마지막은 아닙니다. 여기에 푸른 하늘이 높아지고 빨간, 노란 단풍이 꽃에 못지않게 가지마다 물들었다가 귀또리(귀뚜라미) 울음이 끊어짐과 함께 단풍의 세계가 무너지고 그 위에 하룻밤 사이에 소복이 흰 눈이 내려, 내려 쌓이고 화로(火爐)에는 빨간 숯불이 피어오르고 많은 이야기와 많은 일이 이 화롯가에서 이루어집니다.

독자 제현(讀者 諸賢, 현명한 독자 여러분)! 여러분은 이 글이 쓰이는 때를 독특한 계절로 짐작해서는 아니 됩니다. 아니,

봄·여름·가을·겨울 어느 철로나 상정(想定)하셔도 무방합니다. 사실 일 년 내내 봄일 수는 없습니다. 그러나 이 화원에는 사철 내 봄이 청춘들과 함께 싱싱하게 등대하여 있다고 하면 과분한 자기선전일까요. 하나의 꽃밭이 이루어지는 것은 손쉽게 되는 것이 아니라 고생과 노력이 있어야 하는 것입니다. 딴은 얼마의 단어를 모아 이 졸문을 지적 거리는 데도 내 머리는 그렇게 명석한 것이 못 됩니다. 한 해 동안을 내 두뇌로서가 아니라 몸으로써 일일이 헤아려 세포 사이마다 간직해두어야 겨우 몇 줄의 글이 이루어집니다. 그리하여 나에게 있어 글을 쓴다는 것이 그리 즐거운 일일 수는 없습니다. 봄바람의 고민에 짜들고, 녹음의 권태에 시들고, 가을 하늘 감상에 울고, 노변(爐邊, 화로나 난로 주변)의 사색에 졸다가 이 몇 줄의 글과 나의 화원과 함께 나의 일 년은 이루어집니다.

시간을 먹는다는 — 이 말의 의의와 이 말의 묘미는 칠판 앞에 서 보신 분과 칠판 밑에 앉아 보신 분은 누구나 아실 것입니다. — 그것은 확실히 즐거운 일임이 틀림없습니다. 하루를 휴강한다는 것보다 — 하긴 슬그머니 까먹어버리면 그만이지만 — 다 못한 시간, 예습, 숙제를 못 해왔다든가 따분하고 졸리고 한때, 한 시간의 휴강은 진실로 살로 가는 것이어서, 만일 교수가 불편하여서 못 나오셨다고 하더라도 미처 우리들의 예의를 갖출 사이가 없는 것입니다. 그러나 이것을 우리들의 망발과 시간의 낭비라고 속단하여선 아니 됩니다.

여기 화원이 있습니다. 한 포기 푸른 풀과 한 떨기의 붉은 꽃과 함께 웃음이 있습니다. 노트 장을 적시는 것보다 한우충동(汗牛充棟, 수레에 실어 운반하면 소가 땀을 흘릴 정도의 양이란 뜻으로 책이 많음을 뜻함)에 묻혀 글줄과 씨름하는 것보다 더 명확한 진리를 탐구할 수 있을는지, 보다 더 많은 지식을 획득할 수 있을는지보다 더 효과적인 성과가 있을지를 누가 부인하겠습니까.

나는 이 귀한 시간을 슬그머니 동무들을 떠나서 단 혼자 화원을 거닐 수 있습니다. 단 혼자 꽃들과 풀들과 이야기할 수 있다는 것이 얼마나 다행한 일이겠습니까. 참말 나는 온정으로 이들을 대할 수 있고, 그들은 나를 웃음으로 맞아줍니다. 그 웃음을 눈물로 대한다는 것은 나의 감상일까요. 고독, 정숙도 확실히 아름다운 것임이 틀림이 없으나, 여기에 또 서로 마음을 주는 동무가 있는 것도 다행한 일이 아닐 수 없습니다. 우리 화원 속에 모인 동무 중에, 집에 학비를 청구하는 편지를 쓰는 날 저녁이면 생각하고 생각하던 끝에 겨우 몇 줄 써 보낸다는 A군,

기뻐해야 할 서유(書留, 월급봉투)를 받아든 손이 떨린다는 B군, 사랑을 위하여서는 밥맛을 잃고 잠을 잊어버린다는 C군, 사상적 당착에 자살을 기약한다는 D군…… 나는 이 여러 동무의 갸륵한 심정을 내 것인 것처럼 이해할 수 있습니다. 서로 너그러운 마음으로 대할 수 있습니다.

나는 세계관, 인생관, 이런 좀 더 큰 문제보다 바람과 구름과 햇빛과 나무와 우정, 이런 것들에 더 많이 괴로워했는지도 모르겠습니다. 단지 이 말이 나의 역설이나 나 자신을 흐리는 데 지날 뿐일까요. 어떤 이들은 현대 학생 도덕이 부패했다고 말합니다. 스승을 섬길 줄을 모른다고들 합니다. 옳은 말씀입니다. 부끄러울 따름입니다. 그러나 이 결함을 괴로워하는 우리 어깨에 지워 광야(曠野)로 내쫓아버려야 하나요. 우리의 아픈 곳을 알아주는 스승, 우리의 상처(원문에서는 '생채기'로 표현)를 어루만져주는 따뜻한 세계가 있다면 박탈된 도덕일지언정 기울여 스승을 진심으로 존경하겠습니다. 온정(溫情)의 거리에서 원수를 만나면 손목을 붙잡고 목 놓아 울겠습니다. 세상은 해를 거듭 포성(砲聲)에 떠들썩하건만 극히 조용한 가운데 우리 동산에서 서로 융합할 수 있고, 이해할 수 있고, 종전의 ○○가 있는 것은 시세의 역효과일까요.

봄이 가고, 여름이 가고, 가을 코스모스가 홀홀히 떨어지는 날이 우주의 마지막은 아닙니다. 단풍의 세계가 있고 — 이상이 견빙지(履霜而堅氷至, 서리를 밟거든 얼음이 굳어질 것을 각오하라 —가 아니라, 우리는 서릿발에 끼친 낙엽을 밟으면서 멀리 봄이 올 것을 믿습니다.

노변(爐邊)에서 많은 일이 이뤄질 것입니다.

★ 소설가 김송 집에서의 하숙 생활을 끝내고, 그해 9월 북아현동으로 하숙을 옮긴 후 쓴 작품. 봄부터 겨울까지 계절이 바뀌는 우주 이야기를 시작으로 다소 난해하고 추상적인 이야기를 담고 있다. 그런 점에서 한학 공부도 게을리하지 않았던 시인의 학구적 면모를 살펴볼 수 있는 작품이기도 하다.

〈화원에 꽃이 핀다〉를 읽다 보면 산책을 즐기고, 사색에 잠기는 것을 좋아했다는 시인이 80여 년이라는 아득한 세월을 뛰어넘어 고색창연한 기숙사 어디쯤에서 터벅터벅 걸어 나올 것만 같은 생각이 든다.

주목할 점은 봄에만 꽃이 피는 것은 아니라며, 이 작품 역시 특정 시기, 즉 봄에 쓴 것이 아니라고 얘기하고 있다는 점이다.

고생과 노력만 한다면 사시사철 언제나 꽃을 피울 수 있다고 강조한다. 생각건대, 이는 우리 모두 함께 노력하면 언제라도 조국의 광복이라는 예쁜 꽃을 피울 수 있다는 뜻이 아닐까 싶다. 그런 점에서 볼 때 〈화원에 꽃이 핀다〉는 꽃 한 송이, 나무 한 그루도 대충 봐 넘기지 않았던 시인의 마음이 고스란히 느껴지는 작품이라고 할 수 있다.

시인의 시가 책과 음악, 영화, 연극 등으로 만들어지며 꾸준히 사랑받았지만, 시인이 남긴 네 편의 산문은 크게 주목받지 못했다. 하지만 시인을 제대로 이해하려면 산문에 주목할 필요가 있다. 산문에는 시인의 고뇌와 삶의 순간순간의 여정이 고스란히 드러나 있기 때문이다.

윤동주를 말하다

__ 벗들의 회고와 최근의 평가

일제시대에 날뛰던 부일문사(附日文士) 놈들의 글이 다시 보아 침을 뱉을 것뿐이나, 무명 윤동주가 부끄럽지 않고 슬프고 아름답기 한이 없는 시를 남기지 않았나? 일제 헌병은 동지섣달의 꽃과 같은, 얼음 아래 다시 한 마리 잉어와 같은 조선 청년 시인을 죽이고 제 나라를 망치었다. 만일 윤동주가 이제 살아 있다고 하면 그의 시가 어떻게 진전하겠느냐? 아무렴! 또다시 다른 길로 분연 매진할 것이다.

__ 시인 정지용

나는 죽는다.
나는 이 겨레의 허기진 역사에 묻혀야 한다.
두 동강 난 이 땅에 묻히기 전에
나의 스승은 죽어서 산다고 그러셨지. 아…
그 말만 생각하자.
그 말만 믿자.
그리고 동주(東柱)와 같이 별을 노래하면서
이 밤에도 죽음을 살자.

__ 어린 시절 벗 문익환 목사

윤동주를 말하다

그의 방에는 언제나 친구가 가득 차 있었다. 하지만 아무리 바쁜 일이 있더라도 "동주, 있나?" 하고 찾으면 하던 일을 모두 내던지고 빙그레 웃으며 반갑게 마주 앉아주었다. … 이런 동주도 친구들에게 굳이 거부하는 일이 두 가지 있었다. 하나는 "동주 자네 시 여기를 좀 고치면 어떤가?" 하는 데 대하여 그는 응하여주는 때가 없었다. 조용히 열흘이고, 한 달이고 두 달이고, 곰곰이 생각하여서 한 편 시를 탄생시킨다. 그때까지는 누구에게도 그 시를 보이지를 않는다. 이미 보여주는 때는 흠이 없는 하나의 옥이다. 지나치게 그는 겸허 온순하였건만, 자기의 시만은 양보하지를 않았다. 또 하나 그는 한 여성을 사랑하였다. 그러나 이 사랑을 그 여성에게도, 친구들에게도 끝내 고백하지 않았다. 제 홀로 간직한 채 힘써 감춘 것이다.

___ **연희전문학교 동기 강처중**

용정은 인구 십 만 명에 가까운 작지 않은 도시였으나, 대학생인 그는 아무 쑥스러움 없이 베옷을 입은 채 거리로 소를 이끌고 다녔습니다. 그럴 때에도 그는 릴케나 발레리의 시집, 또는 지이드의 책을 옆에 끼는 것을 잊지 않았습니다. 으스름 때면 으레이 하는 산책에, 동생인 나는 그의 손목을 잡고 같이 거니는 것이 얼마나 즐거운 일이었는지 모릅니다. 가로수가에서 콧노래도 부르기도 하고, 숲 속에 앉아 새로 뜨는 별과 먼 강물을 바라보며 손깍지를 낀 채 묵묵히 앉았을 때는 그의 얼굴에 무슨 동경과 감정이 끓어오름을 연소한 나도 느낄 수 있었습니다.

___ 동생 윤일주

동주는 시를 함부로 써서 원고지 위에서 고치는 일이 별로 없었다. 즉 한 편의 시가 이루어지기까지는 몇 달 몇 주일 동안을 마음속에서 소용돌이치다가 한 번 종이 위에 적혀지면 그것으로 완성되는 것이었다. … 내 평생 해낸 일 가운데 가장 보람 있고 자랑스러운 일이 무엇이냐고 묻는 이가 있다면 나는 서슴지 않고 동주의 시를 간직했다가 세상에 알려주게 한 일이라고 대답할 것이다.

___ 연희전문학교 후배 정병욱

모진 바람에도 거세지 않은 네 용정 사투리와 고요한 봄물결과 같이 또 오월 하늘 비단을 찢는 꾀꼬리 소리와 같이 어여쁘던 네 노래를 기다린 지 이미 삼 년. 시원하게 원변도 못 갚은 채 새 원수에 쫓기는 울 줄도 모르는 어린 것은 네 벗들이 다시금 외쳐 네 이름

부르노니, 아는가 모르는가. "동주야! 몽규야!"

그의 시를 중학교 때 처음 봤어요. 가슴이 철렁하고 이렇게 감동적인 시가 있구나 느꼈던 기억이 생생합니다. 시어가 문어체가 아니고 구어체죠. 해방 이전, 아니 해방 전후까지도 지금까지 생생하게 읽히는 시를 대봐라, 윤동주밖에 없어요.

연세대학교 전 교수 마광수

윤동주의 시는 결코 한 민족의 것이 아니라 인류, 인간 그 모든 것의 근원으로 통하는 시입니다. 그 중심에 있는 것은 역시 사랑이죠. 인류입니다. 인류와 사랑.

일본 후쿠오카현립대 명예교수 니시오카 겐지

영혼이 굉장히 아름답다는 것이 그의 시에 나타나 있어요. 영혼의 아름다움, 슬픔이 거기에 있어요. 한 영혼의 아름다움이 아니라 세계 그 자체가 아름답게 빛나는 것처럼 느껴지는 정말 훌륭한 시입니다.

일본 현대시 수첩상 수상 시인 가와즈 키요에

298
———
299

1917년(1세)
12월 30일 중국 길림성 화룡현 명동촌에서 부친 윤영석, 모친 김용의 맏아들로 태어남. 아명은 해환.

1924년(8세)
12월, 누이동생 혜원 출생

1925년(9세)
명동소학교 입학. 훗날 후쿠오카 감옥에서 함께 옥사한 고종사촌 송몽규와 외사촌 김정우, 문익환 등이 동기이다.

1927년(11세)
12월, 동생 일주 출생

1928년(12세)
어린이 잡지《아이생활》을 정기구독. 친구들과《새명동》이란 등사판 잡지 제작

1929년(13세)
외삼촌 김약연 평양 장로교 신학교 입학

1930년(14세)
김약연 1년 수학 후 목사가 되어 명동 교회 부임

1931년(15세)
3월 20일, 명동 소학교 졸업. 송몽규, 김정우 외 1명과 함께 중국인 소학교 6학년에 편입하여 1년간 수학. 늦가을에 용정으로 이사

1932년(16세)
4월, 은진중학교에 송몽규, 문익환과 함께 입학

1933년(17세)
4월, 동생 광주 출생

1934년(18세)

현재 전하는 최초의 작품인 시 3편 〈초한대〉(12. 24), 〈삶과 죽음〉(12. 24) 〈내일은 없다〉(12. 24) 등을 씀. 이때부터 자작시에 쓴 날짜를 함께 기록

1935년(19세)

9월, 평양 숭실중학교로 전학. 편입시험 실패로 3학년으로 입학함
10월, 숭실중학교 학우지 《숭실활천》 제15호에 시 〈공상〉(10월) 게재
시 〈거리에서〉(1. 18), 〈창공〉(10. 20), 〈남쪽 하늘〉(10월), 동시 〈조개껍질〉(12월)을 씀

1936년(20세)

3월, 일제의 신사참배 강요에 항의해 자퇴. 문익환과 함께 용정으로 돌아와 광명학원 중학부 4학년, 5학년에 편입
연길에서 발행하던 《카톨릭 소년》 11월호에 '동주'라는 필명으로 동시 〈고향집〉(1. 6), 〈병아리〉(1. 6) 발표, 12월호에 〈빗자루〉 발표
시 〈비둘기〉(2. 10), 〈이별〉(3. 20), 〈식권〉(3. 20) 〈모란봉에서〉(3. 24), 〈황혼〉(3. 25), 〈가슴 1〉(3. 25), 〈종달새〉(3월), 〈닭〉(봄 추정), 〈산상〉(5월), 〈오후의 구장〉(5월), 〈이런 날〉(6. 10), 〈양지쪽〉(6. 26), 〈산림〉(6. 26), 〈가슴 2〉(7. 24), 〈꿈은 깨어지고〉(7. 27), 〈빨래〉(7월), 〈곡간〉(여름 추정), 〈아침〉(여름 추정), 〈가을〉(10. 23) 등을 씀
동시 〈해ㅅ비〉, 〈비행기〉, 〈굴뚝〉, 〈무얼 먹고 사나〉(10월)(《카톨릭 소년》 1937년 3월호 발표), 〈봄〉(10월), 〈참새〉(12월), 〈개〉, 〈편지〉, 〈버선본〉(12월 초), 〈눈〉(12월), 〈사과〉, 〈눈〉, 〈닭〉, 〈오줌싸개지도〉(《카톨릭 소년》 1937년 1월호 발표), 〈기왓장내외〉, 〈겨울〉, 〈호주머니〉(《카톨릭 소년》 1936년 12월호, 또는 1937년 1월호 발표) 등을 씀

1937년(21세)

8월, 백석 시집 《사슴》 필사. 상급 학교 진학 문제를 놓고 부친과 심하게 대립, 결국 조부의 개입으로 본인이 원하는 연희전문 문과에 진학하기로 함
시 〈황혼이 바다가 되어〉(1월), 〈장〉(3월), 〈밤〉(3월), 〈달밤〉(4. 15), 〈풍경〉(5. 29), 〈한난계〉(7. 1), 〈그 여자〉(7. 26), 〈소낙비〉(8. 9), 〈비애〉(8. 18), 〈명상〉(8. 20), 〈바다〉(9월), 〈산협의 오후〉(9월), 〈비로봉〉(9월), 〈창〉(10월), 〈유언〉(10. 24)(《조선일보》 학생란 1939년 1월 23일 자 발표) 등을 씀
동시 〈거짓부리〉(《카톨릭 소년》 10월호 발표), 〈둘 다〉, 〈반딧불〉, 〈할아버지〉(3. 10), 〈만돌이〉, 〈나무〉 등을 씀

1938년(22세)

2월 광명중학교 졸업 후 4월 서울 연희전문 문과 입학

시 〈새로운 길〉(5. 10)(학우회지 《문우》 1941년 6월호 발표), 〈비오는 밤〉(6. 11), 〈사랑의 전당〉(6. 19), 〈이적〉(6. 19), 〈아우의 인상화〉(9. 15)(《조선일보》 학생란 발표, 1939년 추정), 〈코스모스〉(9. 20), 〈슬픈 족속〉(9월), 〈고추밭〉(10. 26) 등을 씀

동시 〈햇빛·바람〉, 〈해바라기 얼굴〉, 〈애기의 새벽〉, 〈귀뚜라미와 나와〉, 〈산울림〉(5월)(《소년》 1939년 발표) 등을 씀

산문 〈달을 쏘다〉(10)(《조선일보》 학생란 1939년 1월호 발표)를 씀

1939년(23세)

시 〈달같이〉(9월), 〈소년〉(9월), 〈장미 병들어〉(9월), 〈산골물〉, 〈자화상〉(9월)(연희전문 학우회지 《문우》 1941년 6월호 발표) 등을 씀

동시 〈산울림〉을 《소년》에 '윤동주'란 이름으로 발표

산문 〈투르게네프의 언덕〉(9월)을 씀

1940년(24세)

시 〈팔복〉(11. 3), 〈위로〉(12. 3), 〈병원〉(12월) 등을 씀

1941년(25세)

12월 27일, 전시 학제 단축으로 3개월 앞당겨 연희전문 졸업. 졸업 기념으로 19편의 시를 묶어 《하늘과 바람과 별과 시》란 제목의 시집을 내려 했지만, 뜻을 이루지 못함.

시 〈무서운 시간〉(2. 7), 〈눈오는 지도〉(3. 12), 〈태초의 아침〉, 〈또 태초의 아침〉(5. 31), 〈새벽이 올 때까지〉(5월), 〈십자가〉(5. 31), 〈눈 감고 간다〉(5. 31), 〈못 자는 잠〉(6월), 〈돌아와 보는 밤〉(6월), 〈간판 없는 거리〉(6. 2), 〈바람이 불어〉(6. 2), 〈또다른 고향〉(9월), 〈길〉(9. 30), 〈별 헤는 밤〉(11. 5), 〈서시〉(11. 20), 〈간〉(11. 29) 등을 씀

산문 〈종시〉를 씀

1942년(26세)

일본 유학을 위해 1월 19일 '히라누마 도쥬(平沼東柱)'로 창씨개명. 이후 고국에서의 마지막 작품이 된 시 〈참회록〉(1. 24)을 씀. 3월 도일 후 동경 릿쿄대학 문학부 영문과 입학

시 〈흰 그림자〉(4. 14), 〈흐르는 거리〉(5. 12), 〈사랑스런 추억〉(5. 13), 〈쉽게 씌여진 시〉(6. 3), 〈봄〉(창작 시기 미상) 등을 씀

산문 〈별똥 떨어진 데〉, 〈화원에 꽃이 핀다〉 등을 씀

1943년(27세)

7월 10일, 송몽규가 독립운동 혐의로 일본 경찰에 체포된 후 7월 14일 고희욱과 함께 체포됨

1944년(28세)

2월 22일, 송몽규와 함께 기소된 후 징역 2년(미결 구류 일수 120일 포함)>을 선고받고 후쿠오카 형무소로 이송

1945년(29세)

2월 16일 오전 3시 36분 운명. 3월 6일, 용정 중앙교회 묘지에 유해 안장

1947년

2월 13일, 유작 〈쉽게 씌여진 시〉가 시인 정지용의 소개문과 함께 《경향신문》에 게재

1948년

1월, 유고 31편을 모아서 시집 《하늘과 바람과 별과 시》를 시인 정지용의 서문과 친구 강처중의 발문을 붙여서 정음사에서 최초 출간

1990년

8월 15일, 건국훈장 독립장 수여

※ 참조 : 개정판 《윤동주 평전》(송우혜 지음/ 세계사)

윤동주의 문장

초판 1쇄 인쇄 2020년 6월 16일
초판 1쇄 발행 2020년 6월 26일

지은이 윤동주
엮은이 임채성
디자인 산타클로스 曉雪

펴낸곳 홍재
주　소 서울시 양천구 목동동로 233-1, 1010호 (목동, 현대드림타워)
전　화 070-4121-6304　　　　**팩　스** 02)6455-7642
메　일 asra21@naver.com
블로그 http://blog.naver.com/asra21

출판등록 2017년 10월 30일 (신고번호 제 2017-000064호)

전자책 ISBN 979-11-89330-15-6　05810
종이책 ISBN 979-11-89330-16-3　03810